驼囊

肖元生　周　韫

——著

中国书籍出版社
China Book Press

图书在版编目（CIP）数据

驼囊 / 肖元生，周韫著 . — 北京：中国书籍出版社，2019.1（2024 . 1 重印）
ISBN 978–7–5068–7076–4

Ⅰ . ①驼… Ⅱ . ①肖… ②周… Ⅲ . ①长篇小说—中
国—当代 Ⅳ . ① I247.5

中国版本图书馆 CIP 数据核字（2018）第 249263 号

驼囊

肖元生　周　韫　著

图书策划	牛　超　崔付建
责任编辑	李国永
责任印制	孙马飞　马　芝
出版发行	中国书籍出版社
地　　址	北京市丰台区三路居路 97 号（邮编：100073）
电　　话	（010）52257143（总编室）　（010）52257140（发行部）
电子邮箱	eo@chinabp.com.cn
经　　销	全国新华书店
印　　刷	三河市华东印刷有限公司
开　　本	650 毫米 ×940 毫米　1/16
字　　数	240 千字
印　　张	14.75
版　　次	2019 年 1 月第 1 版　　2024 年 1 月第 2 次印刷
书　　号	ISBN 978–7–5068–7076–4
定　　价	68.00 元

目录

第一章　停止思想

就这么简单的几个字，你会油然而生想起一篇课文，这篇课文是在你读高一时候的语文课本里面。但后来的国家教委统编教材里，有没有把这篇抽去？不知。但你在你那个母校被任命了一个所谓的教科室主任，并且给你两个班，让你做"教改"的时候，这篇课文还在。这已经是十七年之后。十七年风雨狂怕谈以往。只是顺便连一句唱词，并无其他意味。总而言之，停止思想，这是照耀了一个多世纪的名言。

你在宽敞明净的教室里，给孩子们诵读这篇课文。是给"小马哥"一个年轻教师代课。这是你自己要求的。为此你还备了课。

你没有胡子，这有点奇怪，或者说，你的胡须很不显眼。你还有一点怪的，那就是你的头发不多但乌黑，虽然你已经快六十了。在你退二线的时候，你悄悄离开了这个学校。你去你二弟那儿打工，他在给四面八方有求的人做农业区域规划。做这事情有钱，而

且可以天南海北到处走走。但你还是喜欢思想着。

思想之痒。既是痒，就得时不时地挠几下。早在官方说阶级已经不存在的时候，你说，怎么没有阶级？后来你说，现在不再需要暴力革命。我特讨厌你给学生讲，现在准备着，是为了将来的老板。我对你的原话记不清，可能有些强奸。好像我们的成长，就是给资本准备的。我对"老板"素无好感，它们是资本，每个毛孔都渗透血和肮脏。你却说得那么平静。你还是知青的时候，就读过《资本论》。

你住在你二弟给你联系的一个旧房小院里。我们就这样有一搭没一搭的，大政与金融，两个毛毛虫。说得顶多的是教育。我有我直奔的目的，那就是写一部教育小说。我平时倒是看看花边新闻，不晓得你看不看，但我们的谈话却搞得有点焦点访谈，正儿八经，有点像敬大妈。

这个消息不是谣传，是确实的，口接口，传得比风还快。

通灵县中的初中部，整个的就乱了营了。初中高中一直是在一起的，跟连体婴儿差不多，现在要把初中划出去，另外成立个初中校。这在教师中引起了大恐慌。有通到县委高层的人士透底，划出去之后人员性质暂时不动，稳定军心，但方向是彻底改民办。

教师们都有种被出卖的感觉，像大网起水时，鱼在网里乱挣乱跳，别以为是什么群鱼闹春。贴大字报的，集体上访的，几乎要暴动了。也有找关系说项，想留下来，从初中部调到高中部。这是逆流而上，得有大背景，方可刀下留人。

怎么不见老匹的？老匹正忙活着呢，这儿透，那儿钻，想找个网眼秘密钻出去。老匹是通灵县中数学教研组的副组长，组长管高

中数学，副组长分管初中数学。数学是中考当中拿分的一门，一道数学题少则十几分，多的二十分，够其他学科那些小分题填空题，凑上好几条才能扯平。所以数学在中考当中举足轻重，分管初中数学的教研组副组长老匹在家长们的心中也就举足轻重了。

老匹是初中数学的第一块牌子，也就特别的惹眼。权贵一族自然也就瞄上他了。别的教师瞧见眼热，但也没有办法。现在就是个追捧品牌的社会呀。品牌与非品牌大不一样，所以老匹才想在锋利的刀口下滑过去。老匹这几天除了有课，就不见他的人影儿了。去哪儿了？去找那些欠他情的什么长。这种事局长都不灵，得找县长。有信息传出来：老匹活动了五六个副县长到校长那儿说情。我的乖乖，五六个副县长，围着一张桌子坐下来能开县政府常务会了。炸点就是校长，对校长轮番轰炸，狂轰滥炸呀。

校长被炸倒了吗？没有。校长出示了"激光反导"，这"激光反导"是县委一把手计书记给的。是计书记在一张纸上写的几句话："不要为难姜校长，初中迁出另建是我的主意，有什么屁要放，请直接找我。"计书记有先见之明，一道激光，把县长们都吓趴下了。

有人问老匹，是不是真的五六个县长出来说情，老匹笑道，五六个是瞎说，是编排我的，你信？只有两个副县长去说了一下，说不通也就拉倒，根本没有计书记手令这回事。

你说你不缺钱，挣的钱够用。真的就够用了？我说我是穷人，虽然我比你多套房。那房不是理财房，是备用房，是备着爬不动六楼之需的电梯房。你也是六楼，你说你将来爬不动，就住地下室。能说是不缺钱吗？

但按照世行的标准，我们都被中等收入了。

白酒价钱上去了，而且在不断地上。

你说，酒的生产工艺能有那么复杂吗？

高粱酒也不错，你推荐。

那就喝高粱酒吧，这么低值的酒，应当不会有人造假。

也不一定。你说。

羊二的小店在一条偏僻的小街上，小店很不起眼，以至于几个遛鸟的老爷子骑着自行车来来回回刷了几遍才找到他。老爷子们说，这不是人待的地方，是什么？狗窝！

说是个店，其实是个窝棚，顶是海绵瓦搁着，门是几扇白铁皮蒙起来以增其坚固的，不知从哪儿找来的朽板。营业项目有茶水炉，大半人高，搁右边。茶水炉上方的钩子，挂了几只旧水铫，表示有水铫换底的服务。左边则有几个养着芙蓉鸟的鸟笼。白铁皮的门上，贴着一张纸，上面有出售蝈蝈、金蛉子的几行电脑字。进了小店，还有个幽暗的里间，就是羊二吃饭和睡觉的地方，很狭很乱，碗筷直接地就放在电视机上，狗窝主要的指这里。

梆梆梆梆，羊二一面用木榔头敲着换了底之后的水铫那条接缝，一面睃着街上走过的人。

刚才歇晌的时候，他在躺椅上做了个梦，梦见带小雪去海边玩。县城离海不远，一百多华里。并不算远，他自己也没去过。小雪刚刚考上了通灵县中的初中，这是件大喜事，有这个要求一点也不过分，羊二答应了去的。你想想，一个通灵县，百万人口的大县，有多少所小学，县中的初一只收六个班，有多少应届生被刷掉，家长在家里骂孩子，孩子哭，哭是怕家长打，用胳臂护住头，

弄得家里鸡飞狗跳。

　　羊二一想到这个，就有幸福感。狗窝算什么呢，狗窝里飞出了金凤凰，狗窝也就亮堂堂。并且，小雪不是结结巴巴考进去的，比分数线高上十来分，更牛气的是，羊二从来不请家教，全是羊二自己鼓捣，他自己只是个初一的底子，初一还没上完，就停课闹革命了。

　　所做的梦，与小雪要去海边有关。父女在滩涂上走，忽然海上很远的地方出现了不少山。山尖上有个庙，山坳里有些稀稀落落明明暗暗房子。最先他还没有想到海市蜃楼。

　　看到小日本了？海对面就是日本。那景更透亮了，细瞧，那房子怎么看着有些眼熟，像在哪儿见过的，中间有幢中不中西不西民国风味的楼，活像通灵县中的主楼？这一惊，醒了。醒了就听到一个不好的消息，有个来打开水的人说，通中要把初中部划出去了，说的人说不细，因为他自己的小孩是在通中上高中，是听班主任说的。话传来传去，就容易走样。

　　他现在最需要的是，一个能确证这个消息真假的人。这个人就是老匹。

　　老匹是通中初中的数学老师，水铫一漏水就来换底，羊二忙活，老匹背着手，或逗逗芙蓉鸟。

　　他每天都要从这儿经过几次。

　　但今天老匹偏偏没有从门前过。

第二章　切分音

　　我的书橱顶上，放着一个琴盒，里面搁着一把京胡，一把京二胡。琴盒是木器厂的厂长，那时还不兴称老板，免费替我做的。厂长跟我初中同学三年，给我做个琴盒算是个纪念。那时我们互相起外号，我叫他象牙，他叫我二驴子，象牙给我编了个小段子，两根扁担长又长，一头通门户，一头通马房。那琴我是几十年不摸了。琴弦已断休提它，这是红楼梦里紫鹃对宝二爷的一句怨语。那弦不但断了，恐怕都锈得不成样子。

　　我晓得，在我楼上的杂物间，某一个黑暗处，还有两本乐谱，一本是杜鹃山，一本是红灯记。它们的命运是仍在，但任其蒙尘，受潮气浸渍。它们也会想起自己年轻光鲜的岁月，主人天天不离手。我也就是那几年跟 S 热乎起来的。S 的乐理太牛了，看着那么复杂啰唆的样板戏曲谱，他哼上几遍，直接能唱起来。而且还识五线谱，那些在栅栏线上冒上冒下的豆芽。他说他在学校文工团领唱

过，我没有印象，但我信。我甚至认为，恢复高考的时候，他应当去试一试音乐学院的作曲专业。

可能是这类专业录的人少，S可能不想冒这个险，就选了师范院校的数学。户口上来那刻儿是当务之急。后来他就在我们老家那所县中教数学。

我们老家那所县中也出了些人才，尤其是军界的，出了一个陆军上将，一个海军中将，但没有出过什么多少上一点档次的数学家、化学家之类的。S是这所中学初中部的数学组组长，跟原先的当家花旦，一个很要强的女教师，有得一拼。这已经完全跟音乐不靠边。后来京胡竟然玩不过我了，我练他不练呗。

嗯，说到哪儿去了。我不是要说"切分音"的吗？切分音，那是有点儿特别的，就像一个人走路，好好的这么走着走着，突然地一咯噔。维吾尔族的歌，或者是仿维吾尔的歌里，这样的咯噔特别的多。喀喇昆仑冰雪封，哨卡设在云雾中，这里面至少有两个以上的咯噔。后来，听俄罗斯的歌，也喜欢咯噔，效果挺好。比方说，某部很走红的电视剧，片尾曲就是一首老苏联曲子的改造版。那里面就用了切分音，并且加重了顿和挫，有军旅之风。

我们家的倍儿，一个四足岁的狗熊型女孩，就很喜欢听，并且跟在后面哼，一顿一挫：在黑夜里梦想着光，心中覆盖悲伤。那么多的片尾视频，她就喜欢点那个姚晨抱着刚生下不久的娃娃在山顶寂寥望的那个。那个娃像她的"小时候"。

倍儿也很喜欢洗衣歌，当然是因为我喜欢听她也跟着喜欢。

温暖的太阳翻过雪山，雅鲁藏布江水金光闪闪。
幸福的日子最难忘，解放军来到咱家乡。

　嘎拉羊卓若若尼格桑梅朵桑，

　亲人解放军来到咱家乡，来到咱家乡。

　那里面好像没有切分音，很流畅，就像尼洋河一直奔腾向前的波浪，只把该强调的音强调，该渲染处渲染，音乐的节奏没有变化。"切分"是在舞蹈的情节上。

　现代版的洗衣歌把老班长置换成了一个帅小伙，我挺喜欢，干吗还要弄一个系围裙的胡子拉碴的老班长。少男少女更加洋溢充盈着青春的气息。小班长去扶小卓嘎的那个动作有点眼熟，像天鹅湖的王子把手臂伸向奥杰塔。我看着那一列头戴花环露出很秀气脚踝的高挑挺拔美少女，想到我们的倍儿将来也会出落成一个这样的，不过倍妈一口否定了我的"将来……"，舞蹈是吃青春饭的，不牢靠。

　老匹滞涩的目光，穿过岁月，落在那个操场，那个场子都没有用水泥去平整好，一下雨，就汪着很大的一摊子水，学生没法子活动开。他们迁到那儿去的时候，原有的待撤并的一个初中还有两个班撂在那儿，跟他们做邻居。这个新址在荒郊野外，路都没有一条好好的路，白天手扶拖拉机突突，晚上一抹黑，连一盏照明的路灯都没有。老匹整个的感觉像是被发配。

　这一角是城南，老匹住在城北的教师新村，每天要骑自行车过来，很远，有七八华里。老匹能吃苦的，当过八年知青，没少驮粮挑河。在这边的新校区，他是当家的，宣了个副校长以副代正，主持工作。还有些教师在上访，不肯过来，他已经先过来了，开学在即。他心里有个日期，这就是发出去的三百六十份录取通知的新生

报到。他数着日子，也不断有家长来问。在他心里，很多人的脚步声，呼吸，人语越来越近。

通灵县中的初中部被剥离出来，像弃婴一样被丢到这个荒郊野外，只要是指望子女在学习上有出息的，没有人不诅咒这个姓计的书记缺德。尤其是那些个拿到录取通知书的家长，十二万分的欢喜，像一下子踩到了冰窟窿。也有人到新校址转了转，这还像个学校吗？校舍灰不溜秋，墙上掉石灰，还有山羊从围墙的缺口大大咧咧地踱进来，啃操场边上的锯齿苋和狗尾巴草。

到了报到的那一天，一下子集聚的人多了，学校牌子也已经挂起来了，通灵县实验初中校。谁知道这是个什么玩意儿。家长们只在学校门外嘟哝，却没有人进来，一道来的孩子们捺不住好奇心，倒是想进来瞧瞧，但被大人喝住，其实家长们大可放心，录取通知书捏在他们手上。

既然是来报名的，为什么不进来？老匹揣度他们的心思，是怕上当受骗，你一旦报了名，就跟投了胎一样，就不可更改了，如果莽莽撞撞投了个猪羊胎呢，那岂不是害了孩子，这么大的孩子是全凭大人做主的。一步走错，会影响孩子一世。这也就是这么一大拨子人在校门外徘徊犹豫的原因。老匹脑子一转，想了个法子，说：

"快找一张大的白纸来，不，要红纸。"

老匹把略有点皱的红纸在乒乓球桌上抹平，蘸饱了墨，挥毫写道，奉上级通知精神，本校于八月二十九日至三十一日报名，九月一日开学。初一年级新生须按要求持相关手续，前来报到。现将初一年级各班班主任和科任教师名单公示如下，云云。老匹写好了之后，就拿出去贴。人群中，不少人认识他的，打招呼，其中就有羊二。羊二在他往墙上贴公告的时候，在他肩上一拍，大大咧咧问：

"嗳，匹老师，我们收到的是通中的通知，现在这个实验校，是怎么回事？"

老匹回过头来，见其他的家长也在支楞耳朵听，就尽量地提高声音：

"这个实验校，就是原来的通中初中部！单独建校，原班人马一个不落，都过来了。凡收到通中初中部录取通知的，都在这儿报名。再说一遍，通中那边只有高中部，不设初中了。报名就在这儿报，各位家长放一百个心，不会欺骗你们的！"

张贴出来的名单，家长们一看，就知道了，还是通灵县中初中部的原班人马，心思就放下了一半。

师资顶重要呀，房子破可以整一整，实验仪器相信也会哐哐当当地搬过来，不可能撂在那儿，撂在那边干啥。这些不成问题的，最重要的还是数语外的几块牌子都过来了，这个破地方就大放光彩了。山不在高，有仙则名，水不在深，有龙则灵嘛。名师就是点石成金的仙，就是驮娃娃们上天的龙。所以家长们一喜，将就一点，大多数也就进来报了名。也有终究不肯报名的，看着校址实在是太破，又有些荒凉，这么远，自己的孩子又小，有的还是女孩，实在是放心不下，只好忍痛放弃，选择城区当中差一点的初中校去了。

光阴贼得很，怎么的就秋去冬来。跟着寒流也就来光临了。老匹每天都起得很早，一起来就觉得冷气有些割脸。这是第一个寒潮。老匹的鼻子有些尖，到了冬天冻得像红辣椒，有个小女生给她起了个外号匹诺曹，这个名字就悄悄传开了。当然，没有学生敢当面这么叫，但老师们敢叫，改了个版本，叫老匹。连校长都不在意，也这么老匹老匹叫起来了。老匹也不在意，于是约定俗成。现在只有孩子当面还不敢这么叫。但有时也说漏了嘴。

驼 囊

老匹把长长的围巾在脖子上绕了几道，蹬上他的加重凤凰，后座能吃重，这车是他当知青的时候方便驮粮买的。他现在是当家的，得早一点到校。城区到城郊之间有条大河，河上有座很陡的大桥。老匹有一点吃劲，就从车上下来，推车上桥。

夜里下了小雨，桥上结结实实冻了些冰。他看到有个孩子在蹬着车，飞飞快，越过桥的穹顶，他感觉到有什么担心在放大，那孩子就在下桥的时候，在冰上一滑溜，重重地摔下来了，冰渣子飞溅。老匹赶紧去拽人，亏得冬天衣裳厚，屁股墩子着地，没有受伤，只是车子摔得老远。

老匹一问，就是他们学校的。老匹也不走了，就在桥上守卫，那鼻子在北风里冻得更红，像一面旗帜。有孩子过来，他就叫他们从车上下来，推车子过桥。后来也有教师过来了，也陪着老匹在这儿守候。也有不少家长送孩子的，看到匹校长这么细心，感动得不得了。

老匹这么一次总的检阅下来，初一的新生，家长送的几乎百分之百，不送的是个零头儿。这零头儿里面，就有羊二。羊二养女，当小子养，所以小雪自小就有股野性儿，骑自行车双手脱把，牛啵。还有一个瘪蛋，也是不送的。瘪蛋的种是个小子，叫鹌鹑蛋。个头小呀，一点点，而且深度近视。这样的孩子，你不是要多一份照看吗？瘪蛋不然。鹌鹑蛋才四岁，他就把他带到家门口的一条大河里去扑腾。老匹想，犯什么神经，过去毛主席游了几次长江，大风大浪也不可怕。

瘪蛋有没有这个想法？他没有直面地去回答这个问题，而是绕开去，说到一个细节，有一次他抱鹌鹑蛋上街，鹌鹑蛋的手臂怎么突然地流出一股血道来，原来被一个农民的竹篮给刮破皮肉了，他想，这世间不可控不可知，突如其来的伤害太多了，父母也无法关顾，无法护佑。孩子自小就要有自立的意识。你看高原雪野的藏羚羊，从妈妈子宫里出来，一落地，那几条细腿就努力地支撑起身体，然后歪歪扭扭学着行走。老匹说，藏羚羊是藏羚羊，人类做不到，那些有万夫不当之勇的，关羽、张飞，常山赵子龙，也没有听说过谁从娘胎里一出来就会走路。又聊到狐狸的故事，那是一部日本的动画片，风行了一阵子，女孩男孩走路的时候都哼哼，大地早上好，大地早上好，金色阳光多美妙！这部动画片，瘌蛋看到了什么呢，他看到小狐狸一旦长大了，老狐狸就把它们撵出去，那么猛烈的暴风雪，也不让瞎眼的小狐狸回窝。老匹说，人是不会这样做的，如果这样做，就不是人。

瘌蛋跟老匹沾点亲，这点亲通灵县里的人们叫作"本家"，也就是说，瘌蛋的老婆善子跟老匹的老婆桦子同姓，并且有一点弯弯绕绕不知从哪儿流过来的血缘。如果有族谱的话，就可以查得到。看来这一支上没有出过什么了不起的人物，比如说孔圣人、汉高祖刘邦，还有一个织席贩履之徒刘玄德就是因为查谱查出个皇叔，献帝一认，满朝文武天下黎民百姓也就承认了。一代贤相诸葛孔明也是有族谱的。这是往大处说，小处说就像民间豪杰，景阳冈打虎的武松，能让后世子孙脸上有光的，都有族谱传下来。没有族谱的，就是习见的芸芸众生。这样，有一个词应运而生，那就是"本家"。善子和桦子究竟是什么亲，也就弄不清，搅在这个"本家"里面一勺烩。

善子和桦子都下放过，回城之后桦子安排到一个小学当教师，善子在一个国营染织厂当工人，在织布车间。几百台织机，这是

十八世纪工业革命的产物。那连片的繁密响声大得要摧毁你的神经，面对面说话都听不清。这种声音完全是人类制造出来的，大自然没有这个声音。欧美后来不要听这个声音，把这个声音输出给我们，我们当宝贝。二十世纪七十年代以至八十年代的中国，没有噪音这个概念，只有你去适应织机，不可能让织机适应你，善子和其他女工就在这样极其恶劣的环境里工作，还像是到了洞天福地。没有一个回城知青会挑三拣四，不去珍惜。

这一点也不是夸大其词，善子真的是有一种幸福感。她加入到工人阶级的行列，成为她们当中的一员，而且是产业工人。所以，她很喜欢发给她的那身上班穿的衣裳，一顶有松紧箍的白色帽，一件上面印着国营通灵县染织厂几个字的围裙，那几个字鲜红夺目。这在以前，是她做梦都不曾梦见过的好事。

善子一直是压抑着挨日子的，从很小的时候就是这样，因为她出生在一个原罪的家庭，父亲是国大代表，母亲是地主分子，好日子好心情和阳光，是与她毫无干系的。她是罪民子女，也就是二等罪民。她轻轻地抚着那几个字，有一点点眩晕，就一点点。她把围裙系上，把头发掖到帽子里，对着镜子瞧了一瞧，那面镜子不是照相馆里专门给人看的一个从头到脚整个全貌的立镜，是放在自家桌子上面的矩形小镜，那是嵌在一个窄窄的白铁皮边框里的，是结婚的时候买的。所以她还得离镜稍远，这样人就显小了。她也差不多就满足。

这样的快乐，被她据为己有，连瘪蛋都不知道，虽然是她在这个世界上唯一的亲密无间的人。她被分到织布车间，跟了一个师傅，织布机上的梭子上上下下来来回回，那响声就像美妙的音乐，那么多的织机联奏，人就像徜徉在音乐的海洋里。师傅就像一条鱼儿在里面灵活地游，发现纱锭有断了线的就把它接上。那么多的雪白的纱锭在轴上旋转，视觉上很新奇。善儿从心底发出对大工业的礼赞！她也忘怀不了在乡下的那么些年，黑色泥土的芬芳，人粪畜粪，春季的花朵和秋虫的鸣叫，她会很个人地把织机声跟夜色中的虫唱混乱地搭连，她不会想到这两者完完全全是风马牛不相及。那是善子一个人偷着乐的岁月，又是新媳妇，又是国有工厂的新工人。

染织厂女工多，织布车间除了几个保全工是男的，负责维修机器，每天给织布上点油之外，其他全是清一色的女工。白帽白围裙，车间很大，屋顶上简易的石棉瓦。织机日夜轰鸣，高分贝的噪音从耳膜传送到大脑，在血液里奔腾到心脏，然后遍布全身。在这声音的裹挟下，你会不知不觉地跟着震动，帕金森似的，连同头顶上的石棉瓦和布机上方的两根线吊着的日光灯，一起晃动起来。

善子每次在简陋得有点肮脏的更衣室里，换上工作服，心情便格外地好。她喜欢这样的环境，就像当年第一个打报告插队一样。别的人寻死觅活，她却很欢喜，开心得不得了。在乡下的那几年，也不觉得有多苦，自小就苦惯了。父亲当国大代表时，她还没出生，没享到国大代表的福。传说，父亲曾经参加过淞沪战役，但善子从未听父亲提起过，整日病歪歪的，面如死灰，看不出一丝抗战英雄的风采。

整个杨树村只有七八幢又矮又小的茅草房子，东倒西歪的泥墙上，白石灰刷着标语：欢迎知识青年上山下乡，接受贫下中农再教育！那些字斑驳残缺，像个结巴，被什么绊住了似的，脸憋得通红，才蹦出来下一个字。知青点是刚建的，跟农舍没什么区别，篱笆还没有圈好。

　　送人的卡车几公里外就把他们卸下了。善子拎着网兜、行李，和其他六个人一起进了村。一路上没有遇到一个人，一只鸡也没看到，甚至没听到狗的吠叫声。快到知青点的时候，一条短尾巴的大黑狗从墙角蹿了出来，冲着一群人，汪汪，狂叫，几个女生吓得嗷嗷直往后退。瘪蛋挡在了善子身前。

　　善子出神地盯着织机，梭子来来回回地忙碌。断线了，她关掉机器，小心翼翼地把断线头接上。接头也是门技术活儿。像善子出的活儿，断线的地方几乎看不出来，平平整整的。有的粗手笨脚的姑娘，那线头接的，就像皮肤上长满了小疙瘩，一摸就是次品。善子喜欢一边盯着梭子，一边想着心思。梭子就像时光机，不停地带着她穿来穿去。那光阴，便成了流淌下来的细细软软的布，在她的记忆里鲜活存在。

　　织布车间三班倒，很辛苦的，但对于善子来说，轮到上中班或是大夜班，白天还能有空做点家务，并且夜班还能拿到几块钱补贴。后来善子怀孕了，厂里照顾她，把她调出织布车间，在厂区扫地，她还感到舍不得，不是舍不得别的，而是不上夜班也就拿不到补贴，而且白天也不可能做家务了。后来又让她做仓库保管，染好的布匹都标了号，2598，或是7207。善子能记得这些数字，全厂染好的布匹在她手上过，一卡车一卡车出厂。如果出了错，她一找就能找到，因为她对数字有超过常人的记忆力。

　　瘪蛋的宝贝儿子鹌鹑蛋，有一天告诉他老爸，说，我能记住 π 小数点后面一百多位。瘪蛋不怎么信，让他写在一张纸上，果然。瘪蛋问，你怎么记的？鹌鹑蛋说，我也就是三个晚上临睡之前，默记了一下。瘪蛋说，这是你妈妈的遗传，她记数字来事，我不如她。瘪蛋请老匹指点鹌鹑蛋的奥数，鹌鹑蛋有点支支扭扭，老匹问

他话，他的回答像蚊子哼。瘪蛋的火气猛地一冲：

"大声点儿！"

把老匹都吓了一跳。老匹是有证书的奥数教练。老匹给了一本习题集，上面有很多"填空题"。鹌鹑蛋对"填空题"不感兴趣，瘪蛋也大惑不解，老匹解释说，奥数也得从基本的东西开始做。不料鹌鹑蛋做了一些"填空题"之后，竟然对数学兴趣全无，已经开通的几个窍，忽而一下子塞住了。鹌鹑蛋也是个怪胎，从此对数学说不拢边就不拢边。瘪蛋窜出一股子火，原意想提高提高的，这一来适得其反，神童扼杀于摇篮之中。不晓得老匹安的什么心。又不好发作。老匹自有老匹的道理。你既然请了老匹，就得按他说的来。

老匹是初中数学权威，瘪蛋是初高中全方位的物理权威，是教育局那个窝里的物理教研员。但求老匹指点小孩的多，没有什么人去找瘪蛋，一来是两个人的个性不一样，老匹乐于此道，瘪蛋不是那么好说话；二来是数学和物理在应试当中的分量不一样，理科和文科都少不了数学，有的官二代官三代，理科成绩不好的都去学文科，就靠数学拿魂。

时来运转，你得相信这四个字。时不来运不到，瞎折腾也没有用。正当老匹和实验校的教师们都在为不知什么时候公办改民办的事，在暗暗焦心的时候，一纸调令，那个姓计的书记调离了通灵县。跟着，又下来一个文，许大马棒调任通灵县委书记，大马棒是本地人，自小就是在通灵县城长大的，他能对这一方水土这儿的人没有感情吗？而且，大马棒做官之前是个做生意的，活络得很，也不摆官架子。许大马棒这个坏名，还是上初中的时候，一道玩的发小给起的，那时林海雪原这本书刚出来，他姓许，就得了个许大马

驼 囊

棒，其实狗屁不通，他是一个瘦高个子，很整洁很体面的男生。

还有个女生，姓胡，男生就管她叫蝴蝶迷。林海雪原里的蝴蝶迷有点丑，头发焦黄，像一绺玉米缨子，这个女生都气得号了，到班主任那儿告状。后来，敌后武工队又出来了，传着看，有个男生就得了个哈巴狗的坏名，他并不姓哈，因为个头矮，喜欢笑。男生跟女生不一样，男生豁达，许大马棒就许大马棒，哈巴狗就哈巴狗。老匹跟许大马棒属于文娱人才，台上一道蹦呀跳呀唱呀。

这个学校倒是个玩的学校，学生不好好学，老师也不好好教。到了考高中的时候，也就是老匹一个人考上了名校，通灵县中的高中部。老匹走的是科举的路，大马棒走的是做生意的路，后来又转宦途。现在，谁比谁强，已经分出来了。老匹就是没有上山下乡当知青这一段，吃知识饭也不抵吃官饭。你看，大马棒现在是一个百万人口大县的县委书记，从县城出发，向西去一百里才算出县界，向东下去一百多里，大马棒还要捍卫中华人民共和国海疆。

老匹呢，太瑟缩，窝在一个郊外的初中校，眼屎大的一丁点破地方，直接的不能比。但这个眼屎大的一丁点，影响却不可小瞧，因为它的前身是通灵县中的初中部，而老匹是全县初中数学的第一块牌子，虽然有一个同轨的女教师不服这个第一，并且在分数分数学生的命根也是教师的命根上，反超过老匹一两分，老匹马上实施反击，又在学生均分上把她压下去。

这次大马棒带着老婆孩子，行云流水般地回来了，两个儿子，老大上高中，老二刚刚上初中，也把学籍转到老匹这个实验初中。地方虽然偏僻，但成色在这儿。并且老匹充分利用家长资源，有在政府人大的，有电厂自来水厂的，有公路管理站的，打报告，上提案，把学校大门通向主干道的这条路做成了二级公路的标准，路灯

也都装好了。校里面的房子也都整治了一下。现在看上去已经有点样子，不能再说是破了。

大马棒自己开车，把儿子送过来的。他这个人爽气，不喜欢格里格局，也没有先打电话通知，办公室里有的人还不认识他，他就自报家门。老匹还在上课，赶忙让一个教师代了一下。大马棒要跟他握手，他摆了摆手，笑道：

"不好意思，手上有粉笔灰。"

大马棒笑道："粉笔灰怎么了？有毒？"又跟办公室里的几个人说："我跟匹校长是老同学了，现在有个话，叫发小。"

他拍了一下老匹瘦削的肩胛："我现在虽说是个县委书记，没有你大，天地君亲师，里面有没有个书记？"

老匹笑道："书记就是君。"

大马棒笑道："不是我这个芝麻书记。"

老匹也是喜欢搞笑的，你这个书记还算芝麻，那下面的书记不成了细菌了？话到嘴边，缩回去了，当着这么些人，公共场合，不宜开这样的玩笑。老匹也许是想多了，大马棒这会儿就是放松放松。

大马棒跟那些喜欢端架子的官僚不一样。他是商人出身，务实，不来虚的。所以老匹再跟他来些程式，汇报学校方方面面情况，大马棒也没心肠听了，给大家送了个大礼包，提了一下嗓门，说，常委已经讨论过实验校改民办的事，大家放心，不改了，安心工作，好好工作。

有不少教师都到了办公室来瞻仰书记，一听这话，都激动得啪啦啪啦鼓起掌来，得人心呀。山丹丹开花红艳艳，许书记来了晴了天。

驼 囊

老匹把大马棒送到校门外，大马棒临上车之前，抬起眼看了一下天上悠悠的云。老匹挨他很近，想起上初中的辰光跟他背靠背比个子，这个念头在他脑子里闪了一下。大马棒眉头蹙着，说，我也有烦事儿，二小贪玩，尤其是数学，一直不开窍。

这话再明白不过了。老匹说，我会尽心尽力的，你放心。

倘若换一个人，会亢奋得说出包在我身上之类的话来，老匹不会这样。小孩本身是个变量，你包什么包。

大马棒表情有些模糊，不晓得是不是因为老匹答应的口气有点平淡，或是他的预想之中老匹应是受宠若惊诚惶诚恐，现在没感觉得到，可能有点意外。老匹也在想，我是不是平淡了一点，也许我平时应酬的为着子女对我客客气气礼贤下士的官员太多，我把平时对他们的口吻，来对付大马棒，而大马棒跟他们是不一样的，在通灵县这片土地上，大马棒是说一不二的人。

初一的新生不上晚自修，老匹骑上加重凤凰去大马棒的家里，大马棒不在家，大马棒的夫人很热情，给老匹沏茶，夫人亲自削苹果。老匹看她不会削，在一小片一小片地割，说是我来。夫人就把小刀递给他。小孩就在家，叫他过来，小孩嘴一咧，笑，见老匹这么严肃，也不笑了，好奇地瞅了一眼老匹的鼻子。一般来说，老匹晚上都要跑几家的，找他的人多，今天他足足辅导了大马棒的儿子三个多小时，其他人家也就不去了。这一接触，他有底了，小孩天资蛮好。这当中，小孩瞅了好几次老匹的鼻子，老匹笑道，鼻子有什么好看的。我本来要把你弄到我班上去，看来不能，课堂上我讲课你看我鼻子，还听什么讲。

第三章　气象犬

倍儿属狗。

我喜欢的犬种，是威猛的狼狗。在倍儿出生之前，我想，买一个什么玩具送给他呢，那时是男是女还是个谜，我去超市转悠了一下，买回来一只布艺仿真大黑背。

后来，倍儿出生了，护士告诉我，是个女孩。货真价实，没有偷龙换凤。

黑背也有母的，但倍儿不是黑背。也不是京叭。我对京叭感觉最次，可能受鲁迅影响。我疑心是一只白色卷毛的小狮子狗投胎。我这么说，是有道理的。因为，我在狗年的年头上，送过一张贺卡给我们家阿黄，阿黄不是狗，是我老婆，阿黄是大黄猫的简称。贺卡的正面有一只小白狮狗，在跟另一只小狗玩球。小白狮狗乐得吐出小红舌头。我就在贺卡上写了一句：下来吧，跟我们家阿黄一起拨球。

驼　囊

　　我是写了玩的，不料一两个月之后，阿黄怀上了。阿黄已经三十大几，再不生就不行了。一生出来，婴儿皮肤是白的，我们两个人都不白，这像白狮子狗。这是其一，其二性格喜笑，笑的时候毫无顾忌地咧开一张大嘴。但有些怯弱。到了会说话时，动不动就说"我害怕"。其三，头发丝丝缕缕的，有点卷，像狗毛。我不打诳语，有年初的贺卡为证。

　　倍儿在新生儿的时候很少生病，我们也享福。可到了入园，就不行了。老是生病，而且老是上呼吸道。儿童医院里面挤呀，人山人海。怎么会受凉的？抱怨幼儿园的中午必睡觉。可休了几个月的园之后，还是不见怎么好，就想到夜里蹬被子。

　　倍儿对睡袋特反抗，只好把她夹在我们中间。她睡在阿黄被窝里，脚丫一蹬，就蹬到我被窝里来。这法子显见得不周全，倘若不是恰好蹬进我的被窝，而是蹬到外面。倘若我们睡得很死，不能及时地给她盖呢？阿黄已经抱怨夜夜睡不实，快神经衰弱了。开空调吧，阿黄怕空气干燥，买了个加湿器，里面引出很细的飘飘水汽，像个魔法瓶。

　　倍儿对温度很敏感，空调打得正好时，她一点也不蹬，我们在两边只起个保险作用。空调打得偏高一点，就不行了。试验了一下，高个一两度，都敏感，脚丫就开始动，开始蹬了。真的能称得上是气象犬了，可以跟缉毒犬一样的着装上岗。

　　在把初中部划出去之后，通灵县中只剩下清一色的高中，六轨十八个班。开始了前所未有的大兴土木，大马棒慷慨地另外辟了一大片土地给它，建新校区，那时地价已经在一波一波涨。渣土车卷扬机轰隆轰隆进了场，一个一个大坑掘起来了，通灵县城的上空浮

动着许多淡红的粉尘。人们的心，也被鼓动得不安分，想象着会出现一个前所未有的大学校，一个很抢眼很堂皇的国家四星级高中的建筑群。便也不顾鼻孔里肺泡里吸入的灰，好奇的人时不时地到那儿去看看，传递着各种鼓舞人心的消息。

人们喜新厌旧的老毛病发作了，除了思乡的游子还记得那个老校区，其余的人一概忘记，都巴不得眼前这个怪物赶紧出世。并且把自己所有的朦胧幻想都涂抹到上面。

直至出了一个丑闻，才使这种热情稍稍降了一下温。通中的校长牵涉到一个贪渎的窝案，与这项大工程有关。通中的校长是在老校区那边，在那一个不受关注的地方，轻松地划拉着，中饱私囊。当纪检刚刚对他双规之后，他竟把一些与案情无关的私生活，华彩地抖了出来，遭殃的是那些初为人妻的女教师。那些嚼舌根的人一下子有了很多素材，可供他们去发挥。

这时，谁也不会想到那个被遗弃在南郊的初中校。

然而一则新闻，把通灵县城至少有三分之一的人们的注意力，拉到实验初中，更确切点说，是拉到老匹身上。

这也是带有爆炸性的，老匹把大马棒的二小从不及格需补考，一下子跳到数学考试满分！

这真神了，绝无仅有。够上申报吉尼斯了。这张卷子是县局教研室出的，是全市初中例行会考。与其说是考学生，不如说是考查任课教师的水平。卷子调出去，交叉改，而这个消息首先就是从阅卷者那儿传出去的。大马棒亲莅实验初中，并且挑了老匹担任太子太傅，早已传遍上层建筑意识形态领域。但老师一族有个肉脾气，这档子事只会挑刺，绝不可能成人之美。

老匹也怕人家讲闲话，卷子发回到他这儿之后，他就把订好

的一沓卷子放在他的办公桌的右上角晾了三天,相当于现在的"公示"。他晓得,在他不在的时候,会有人好奇,来翻看。尤其是他的对手,一个从不让人的赵蛾眉。不料赵蛾眉在他公示结束,把一沓卷子准备收起来时,姗姗而至。她翘起一个大拇指,不简单!匹校长"very good"!

她就这么站在老匹的桌旁,哗啦哗啦把卷子翻起来,翻到二少做的那一张,停下来,不出声地看。

老匹本来是很淡定的,一位成色十足的淡定哥,不知怎么的,心像鸟雀扑腾了一下,不要被她看出什么瑕疵来,扣一分,或是扣零点五分的地方,那就完全不一样了。就像国宝级美女的画像被奸臣点了颗痣,一下子降等降级,皇帝一看不要了。这一刻的几分多钟,搞得比打小鬼子的时候过岗哨验看良民证还要紧张。这是老匹的感觉。

赵蛾眉倒没有这样,按住卷面的两根手指不怎么动,呼吸均匀,最后长出了一口气,说,题目出得太浅,没有达到一定的难度,好的学生倒反而不容易发挥。丢下卷子,走了。这话明显地有贬低的意思,老匹也懒得理会,妒忌的人实际上已经把自己放到下手的位置。

老匹忽然有些累,一缕阳光从他右边的窗棂射进来。那张卷子像一片羽毛飘浮起来,穿过窗棂的界线,飞向透明又有些模糊的天空。

他感到这些人把这张卷子看得太重了(难道他就不看重吗),听说大马棒到处吹嘘他,也是吹他儿子。老匹在心里自己对自己说,由不及格一步蹿上满分,奇迹不是他创造的,是大马棒的二小创造的。这就跟温度不能让石头变成小鸡是一个道理。他在大马

棒的老婆面前，说，这都是二小的天资好，换个老师教，也是一样的。大马棒老婆说，那以前不是请过几个也是很有名气的老师，都不来事，匹校长你就不要谦虚啦。老匹说，不是谦虚，真的是这样，小孩子一懂事就懂事。

这话叫家长听了受用。大马棒老婆说，你不要太老实，老许这个人很厚道的，你跟他同学了这么多年，有什么要他代你做的，直说，不要客气。老匹说，没有什么要求。大马棒老婆着急，嗨，你这个人太老实了，这样吧，我帮你想个点子，你干脆调出这个教育系统，老师有什么当头，到哪个局，干上个两三年，提个副局。在社会上要办什么事还不方便的。

这个老匹还真的没有想到，一般的教语文教政治的老师有跳槽的想法，他没有，有的话，他也不是完全没有门子活动，现在他对于自己还是挺满意的，初中数学学科的第一块牌子，以前的通中初中数学教研组组长，现在的实验初中抓教学的副校长，社会上有求于他的人还是蛮多的。到哪个局，就是提个副局长，也把自己原来的都丢掉了。他不想这么做，他是个安居乐业的人。跟大马棒的老婆当然不能这么说，老匹谦逊，说，我恐怕干不了（调到哪个局里当副局长）。

老匹心情不错，来到羊二的小店铺。

羊二不在，咦，上哪儿去了呢，老匹叫了一声，羊二！

羊二应了一声，声音发自店铺外面，不怎么清，有些含糊。老匹又叫了一声，羊二说，在右边呢，夹巷。

搞的什么名堂，老匹想，夹巷就在小店旁边。

羊二在仰起头朝上面看。上面有什么呀？羊二指点，你来看，

这路灯顶上装了个摄像头，现在这个广告的红布横幅恰好把摄像头给挡了。

老匹还是不明白什么意思，羊二说，这摄像头是公安局装的。

老匹笑道，你夜里又不睡在这儿，干你什么事。

羊二说，我看着这个摄像头，心里疙里疙瘩不舒服。

老匹说，你干吗不舒服呀？

羊二说，我想做点私活，就有眼睛盯住，能舒服吗？

老匹笑道，也不是专门监视你的。

羊二笑道，你也被摄进去了。

老匹说，我不怕。

羊二的哥哥是跟老匹一道儿下放的，在一个知青组。后来羊二的哥犯事了，被通缉现行反革命，老匹就蹬着他的加重凤凰，把他哥哥驮到海边的大草荡藏起来，隔不几天就去送些玉米饼子给他吃。他哥一直在心里放着这件事，说老匹这个人有古风，两肋插刀。

羊二比他哥小六岁，他哥上高三的时候，他才上初一，"文革"就开始了，所以羊二就是个初一的底子。到了恢复高考的时候，羊二痛苦，考，没本钱；放弃，又舍不得。后来去考了，只做了两道题，就没辙了。也没交卷，一直傻坐在那儿，直至终场。

没搭上高考末班车，你看有好日子过吧，招工进了一家无线电元件厂，结果厂子撑不下去，自谋出路。羊二自己情绪还好，他是个玩角，而且什么都玩，玩狗、玩猫、玩鸟、玩虫，这么靠墙搭了几小间窝棚，就算是个店面，茶水炉，水铫换底，芙蓉鸟蝈蝈金蛉子，也玩也卖。

老匹骑着他的加重凤凰经过这儿时，如果没有什么事，就歇一下脚，背着手看一下在笼子里跳上跳下的芙蓉鸟，问，怎么不养百灵的？羊二说，百灵怎么啦，像只大麻雀，一点也不好看。老匹一愣，他一直以为百灵名字这么美，而且聪明伶俐，一定是鸟类当中的美人儿。羊二这么说，他也是将信将疑。羊二说，你不信，早晨我们一道儿去步行街那儿，有一排遛鸟的，好几只百灵。老匹说，我哪儿有空。羊二说，是了，你现在是个大忙人大红人。老匹摇摇头，说，不红。羊二说，你现在还不红，整个通灵县，从东到西，从南往北，都晓得你把许大马棒的儿子从不及格一下子拎到一百分。

坦白地说，大马棒给了你什么好处？

老匹微微一笑，送了我一双皮鞋。

羊二大叫，鬼话！

老匹说，我说了人家都不信，真的是这样。

羊二说，傻玩意儿，一双皮鞋能值几个钱。是进口鞋，意大利手工定制的？

老匹说，不是吧，不像。

羊二说，你有毛病？就一双鞋？

老匹也没有告诉他，大马棒老婆跟他讲的那些话，怕他管不住嘴，在外面瞎说。老匹不想在鞋的事情上说下去了，就扯到羊二送他的一台电风扇。嗳嗳，羊二，你送我的那台电扇，怎么跟人梗了脖子似的转不过来？老匹做了个脑袋朝一边仄的姿势，弄得羊二有点不好意思。

羊二因为小雪上了初中之后，数学的情况不好，急请老匹止滑。老匹答应了，周末安排出时间让小雪上他家去补。羊二心里过意不去，眼着老匹家里的电扇已经不能使唤，就去超市买了台减价

酬宾的台扇送给老匹，没想到这个涡轮有问题。退换也退换不起来，人家减了价的不退换。

羊二说，什么时候送来，我给你修。

老匹热天能不开空调，尽量不开，还是电扇，电扇比空调省电多了，客厅里是大吊扇，蚊帐里是微风扇，女儿做作业，吹玩具小电扇。老匹太俭省，家里破破烂烂也不装修，这个时代罕见，你到他家以为到了个什么特困户。

要说有一个人跟他有点像，那就是泼留希金。泼留希金有个很厉害的仓库，什么东西都在里面沤得霉烂。

老匹应当也有仓库的，他什么都舍不得扔，并且不断接收一些诸如羊二送的价格极便宜的垃圾，这些都是穷朋友对他家教的回报。由于他一一接受，这些人心理得到了可耻的平衡，反过来还开导他。干吗这么吝啬。羊二对他说，好日子要先过，口袋里有几个钱，就要把它用掉，有钱不用，等于没钱。老匹笑道，你这个消费观呐，应当挪个地方，到美利坚合众国，咱们是泱泱大中国。

老匹真的有多少钱钱？不见得。他不可能像泼留希金那样家缠万贯。老匹名气大，有求于他的人也多，但老匹不好把这些小孩集中到一个什么地方去补，他是个校长，刚刚把以副代正的代字去掉，目标大，当然更不好收费，政府当官的找到他，他不想得罪，其他都是朋友，老同学的子女，就像羊二这样的。到了腊月，没钱的朋友，就送两条大青鱼，老匹也就收了。

一时间，老匹家里青鱼泛滥成灾，老匹把它疏散给亲戚，结果还有几十条鱼尸没处去。这就苦了桦子，蹲在地上一条一条的刮鳞，那些鱼很大，搞得一地杂碎，鲜血淋漓，家里成了个屠宰场。久了，也是乏力了，菜刀割破了桦子的手指，用创可贴裹了，

继续干。

不处理掉怎么办呢，趁着腊月，挂到廊檐下风干。就她一个人，没有人帮她的忙，女儿小，婆婆老。桦子很能吃苦的，从无怨语，就是人长得不漂亮。

男人还是喜欢风流的，老匹早年下放的时候，因为会拉二胡会唱会画，就可以不扛锄头了，提到公社文化站当站长，下放户里有个小丫头，在老匹这个文艺宣传队里扮铁梅，跟大小伙子老匹好上了。小丫头挺秀气的，却得了个相反的绰号——肉包。

老匹拉京胡，肉包唱打不尽豺狼决不下战场，把根在手指缠来绕去的大辫子向后用力一甩。老匹斯斯文文，说话轻且柔，很能得一些婆姨的欢心。可惜好事才开了个头，形势大逆转，无锡的下放户都可以回无锡了，肉包虽然哭哭啼啼难分难舍，但终究还是舍了。

后来还有点余音袅袅，鸿雁传书，但老匹是个务实的人，不搞画饼充饥。这样，有人介绍，就跟桦子谈上了。桦子长相有点老颜，几个老朋友都劝老匹拉倒。老匹不但不拉倒，还把几个朋友都出卖了，说老朋友都反对。

桦子觉得自己是个大赢家，心情很好，在心情好的时候就说出了可能不应当说的话，直当着几个老朋友的面，说老匹是个"伪君子"。桦子是含笑说的，是在新婚蜜月。这话让几个老朋友不约而同想到老匹的合法猥亵行为。老匹不失男人本色，也是一匹让婆姨欲仙欲死的狼，一匹君子狼。

羊二会玩，耍这样耍那样，老匹就不会玩？也会玩呀。区别在哪儿。有人说，老匹玩的雅的，羊二玩的俗的，羊二不承认，羊二说，什么是雅，什么是俗，说不清，要看你玩的水平。老匹会一点美声，羊二说，那是疑似美声，没有经过专业训练的，在学校文工团领唱，那算个述。老匹风雅之最是有一把小提琴，红卫兵大串联时买的，掏了十三块钱，知道有这一物，很少见他拉过。老匹擅画猫，羊二说他毛笔都没洗干净，脏兮兮，猫身上像披了件蓑衣。一物降一物，老匹就服羊二。

跟老匹好的一个副县长，晚上约老匹去喝两盅，为老匹庆功，成功地把大马棒的儿子一下子提到优秀生。

老匹说，我带个朋友去，行不行？

副县长说，行、行，随便你带几个，我安排。

老匹说，我就带一个。

晚上老匹邀羊二一道去。羊二在怀里揣了个什么物什，到了席上，往桌面中央一放，大家瞅着奇怪，原来是个小小的蝈蝈笼子。

有几个人就把脑袋凑近了看，里面有一只蝈蝈在安闲地咀嚼胡萝卜。怪哉，大冷天蝈蝈死光光，这只蝈蝈从哪儿来的呢。还有一食客看出来了，这只蝈蝈颜色也跟一般的绿蝈蝈不一样，项背酱紫，只有肚皮泛青，异种吧。逗它，也不理，只顾自己吃。

到了大家几乎忘记了它，搛菜碰杯的时候，这只有点呆头呆脑的蝈蝈一振翅，清脆串叫起来，可能是空调的热气痒痒吧，一直叫个不停，弄得大家很兴奋。

副县长说，还没见过这样的稀奇事儿，冬天蝈蝈叫，季节都乱了套，搞不清了。

食客们都说头一回见。看了表的，都叫了差不多有十分钟了，人乐，蝈蝈也乐。

副县长说，蝈蝈替代音乐伴奏，很生态呀。

老匹对羊二说，县长什么世面没见过，他说是稀奇，那就是真稀奇，你今天带了个稀奇给县长看，要记你一功。

第四章　说是有个范儿

你不止一次地说，教育最好的时期，也就是说，是按照教育的规律来的，不是瞎来的，是我们上小学上中学的那一段。在我们之前的一段还不算。我合上眼，那个田野河流气息很浓的县城，学校，就浮现出来。校园里就有些边边角角的田地，地里长着青菜、茄子。

我们每周是有着两节劳动课的，两个人抬着一个粪桶，兑上些水，去田间施肥。学校的墙上，写着宋体大字标语：教育为无产阶级政治服务教育与生产劳动相结合。那字，一个字比我的个子要高很多，褚色，空心字，因为是宋体，角很锐，写在刷了白石灰的长长围墙上。

那年代鄙视的东西很多，就是不鄙视劳动，劳动最光荣。文化课呢，也上，但没现在这么看重，作业也很少，很快就做完了，一点也不影响我们玩儿。老师也没那么讨厌，不像现在的白眼狼。

　　小学和初一初二的时候，老师们更多的是管纪律，没收小人书，罚站，女生最受宠。家长十之八九不问我们的学习，当然也不给老师送礼。我考上初中的时候，班主任武秃子上我们家送录取通知，我妈妈给他现打了个西瓜，又拿了个碗，给他吐瓜子。仅此而已。

　　我们班上很荣幸的有两个县长的儿子，武秃子对他们也从不客气，该罚站就罚站。那时你是班上的学习班委，不晓得犯了什么事，也被秃子拎到上面去罚站。罚站的有好几个，也有我，我看着你脊背靠在墙上，眸子在溜着眼眶一圈圈的转。说到这话，你没有印象，但你说我肯定不会记错。这些生活，都是有些纯天然的，放纵天性，没有很多的功利。

　　到了上高中的时候，思想潮流来了。什么思想潮流？教育要改革，不改不行。但还没有搞得那么极端，没有到比手上的茧进大学的门，甚至交白卷也行的程度。有毛主席指示传下来：学生负担太重（天！那负担还重？跟现在比，简直是一个天，一个地），建议课程砍掉三分之一。教育部照办，教材紧缩，并且老师在课堂上不许搞"填鸭式"，要启发式。自此，老师课堂上都空出不少时间，让学生自己去想。

　　老师也觉得新奇，愿意这么试一试。效果究竟怎么样呢？我不晓得别的同学怎么样，我在课堂上到了练"启发式"时，时间十之八九走神走掉了。或许对你有益，不然的话，你倒不会当作范儿来说事了。对于我来说，我只觉得劳动化，也就是说，干些力气活儿倒是需要的。男生不能干些力气活，跟那些弱柳扶风的古时的文人差不多了。

偶看到两具赤裸的肉体横陈，在翻腾，搅动，起伏，这是一个梦境。那在上面的男人脊背上有一个斜着的隆起，那一条弧线在起伏不停，像一个坡面闪着细小水珠和光泽的丘陵。偶一惊，是瘪蛋？这样，梦就醒了。

偶没有把这个梦跟他说，他有时相信灵异，对风水都在意，譬如说，住宅的门，不要正对着什么矗立的建筑物。

如果偶把这个梦告诉他听，他说不定也有一个这样的梦，跟我这个梦暗合，那就会误导他。

偶为什么要这么成天地忙，忙得似乎上 WC 都得小跑步，裤带刹好赶紧出来，忙得人晕晕乎乎，大多数的人都吃不消这样，这都是生存在倒逼。但人体内有个看不见的阀儿，它会帮你节制。它会帮你松弛，你似乎听着其实你在走神，你似乎做着其实你在不由自主地打盹，直至手上什么东西掉了，碎了，猛地一惊。久而久之，一般的人受不了，就会出现极端的情况，猝死或是富士康的十七跳。

但也有的人不是这样，他们给你的感觉是原发性的劳碌，他的脑子在不停地转，他的手在不停地做，他不能停止，一旦停止，他的小命也就差不多要完。

偶的父亲就是这样，他是一刻也不能闲的人，劳动就是他的乐趣，退了休之后五年就死了。

有的人虽然被社会人目为工作狂，但并不是先天的，比如说老匹，本来是个玩角，显然是后天的，正像癫痫有原发继发之分。就连通灵的大异人瘪蛋，虽然一脸的严色，正气，有几分像包拯，似负荷解放全人类使命，能一直伏案工作十几个小时的，都不能算原发性劳碌。道理很简单，因为他们一旦停止劳碌，都不会死，或者

不会很快就死。

那么，劳碌总是要寻求代偿的。

大马棒送了老匹一双皮鞋，但老匹的劳碌不止一双皮鞋，大马棒是知道的。究竟值多少价，老匹鼓起勇气跟大马棒老婆说了一件贴肉的事，能不能把桦子调到通灵县中图书室？管图书闲一些，桦子在小学毕业班当班主任，太忙。大马棒老婆满口应承。

这就跟渔夫和金鱼的故事一样，金鱼对渔夫说，你回去看吧，你已经如愿以偿。不过，贤惠的桦子并不像那个老太婆贪得无厌，也不是她支使老匹去说项的。又过去一年，老匹已经不再辅导许二小，二小的数学成绩也已经稳定在九十多分以上。这时，老匹的姐姐又来叽咕，想要从乡下的税务所调到城里的税务局来，老匹连连摇头，说，我已经有事找过了，再找说不上。她姐说，我在乡下都快二十年了，只要你去说一下，成与不成都不怨你。

老匹叹了口气，他想起渔夫无奈地一步一步朝海边去，海水不再是蔚蓝，起了昏暗的风暴。他对姐说，我实在不好意思再开口，这样吧，我写封信，你帮我寄出去。他有心就办，不办大家也不难堪。

他姐同意，信写好寄出，直接寄给大马棒的，大马棒没有回信。隔了半年，县税务局向下面税务所开了调令，把他姐调上来。

老匹说，千万千万不要再烦人家，再不知趣，大海肯定要发怒，要起大风暴了。老匹的鼻子憋得通红。她姐听不明白，什么要起大风暴？老匹没好气地说，贪心，贪心不足！

现在全人类都知道老匹得了大好处。老匹上扬州出了趟差，听到有人叫他，匹老师！

女声，悦耳如银。

　　老匹循声望去，一绿衣女孩不顾红灯，车流汹涌，在斑马线停停走走。老匹叫了一声，注意！

　　那女孩咧开嘴笑。见面第一句，祝贺你呀，匹老师！

　　老匹想，都传到扬州了，老匹也笑了一下，这女孩好几年前曾经是老匹的数学课代表，叫绿梅。他对她的印象并不深。他手上经过的学生多，课代表也多，除了天资好，成绩特别拔尖的。但在初中毕业生大合影时，有个站在他身后的学生，顽皮地悄悄扯了一下他的衣角，这个学生就是绿梅。以后再也没有发生过这样的事，所以他就记住了：绿梅。

　　快毕业了吧，老匹问。印象之中绿梅在扬师数学系。

　　绿梅掩口一笑，都毕业两年了，在市四中。

　　市四中？老匹听都没听说过，可能是什么校跟什么校合并产生的新校，没有名气。

　　我想回通灵。绿梅说。

　　老匹感到绿梅的眼神里有内容。是呀，他现在是通灵县的大名人，又被证实与大马棒关系是铁哥儿们，事实上自从他写了封信给大马棒，大马棒给他姐把事办了，他又写了封万般感激的信，大马棒依旧没有回信，含意自明。大马棒是做过商人的，他认为跟老匹已经两清，他不欠老匹的，只有多给。这之后就再没有任何来往。

　　现在老匹说没有来往别人不信，现在是就业转业择校调动升迁，烟尘翻腾，人头攒动，把他当成通向大马棒的捷径暗道，或智取，或强攻，逼得他拉下脸来，逼得他得罪人。现在他唯一能做到的就是多替小孩补课，用这个办法来平息民愤。走马灯似的，他一天要走十几家。眼前这个绿梅，他能帮上什么忙呢。沉吟。实验初中不差数学教师，就看通灵县中那边，那边因为要打造国家四星

级，正在扩张扩轨，招兵买马。校长换了人，是老匹的老同学的弟弟，能说上话。

不过，绿梅已经感到了老匹的犹疑，说，通中的倪校长是我爸的表舅，我爸已找过他，他态度有倾向性，但说要考一下，摸一下底。

老匹说，那你有了七成把握了，倪校长这个人不水，很君子的。我再帮你说说，争取再加两成。还有一成，就是看你考了。

绿梅笑道，考应当问题不大吧。

绿梅忽然说，你看，你看！

老匹问，看什么呀？

绿梅说，一条狗在闯红灯。

一条皮毛阴白杂黑的狗企图过马路，它走在斑马线上，走走停停，两边睃。

老匹说，跟你刚才过马路的时候一个样。

绿梅笑道，比我机灵多了，它敢在间不容发的时候穿越，我可不敢。

老匹笑道，狗也练出来了，不然的话，没法子生存，那我们就要在马路上看到一张张狗皮了。我印象里没有看到。

也许给拾荒的捡去了。绿梅说。

老匹说，倒也是。

倪院士是通中的第十四任校长。就任之前就已经声誉非常之好。人年轻，身材颀长清瘦，面如冠玉，有其表而非徒有其表，也就是说，有丰富的内在。只要你留心一下，这些内在是可以从外表里透现出来的。他少言，眼神温熙，但有很窄的很微细的锐利隐匿

在瞳孔深处。

天时，地利，人和，没有一样他是不具备的。天时，他是恢复高考之后的首届本科优质毕业生，在一个有教养的望族长大，现在这个望族也因为政治气候变，名誉获得了恢复。地利，用不着说的，本乡本土，也就是通灵县城，县城的这个大镇在堤东堤西的联结点，院士是饮西乡的水，食东乡的盐长大的。人和，他的性子本来就是不张扬，平淡的，加之现在社会已经挪移到老三届这一拨子人，倪院士又是这一拨人当中的弟弟妹妹辈，小尾巴辈，受着呵护。

有人就跟瘪蛋说过，上通中帮帮小倪校长的忙吧，他这边刚开张，缺人。说这话的是通中的一个老教师，教物理的，溯到大学那个源跟小倪一个师院一个系，是相隔了十五年的校友，瘪蛋也是从这个师院这个系出来的，又跟小倪同届，大哥哥跟小弟弟。这个师院这个系是个母体，有这么一层联系，也是教育实验怎么还能在通中捋了一捋的原因。

小倪校长运气不错，他是一个台阶一个台阶上的，先是教务处副主任，没有多久，教务处主任空缺，他填了这个缺，后来又升了副校长。如果原校长无事，那个校长岁数又不大，才四十多岁，那他还可能在副校长这个窝子上原地踏足踏那么五六年甚至七八年，至于什么梯队不梯队，到了手才能算数。可现在原校长出了事，倪院士什么条件都具备，组织部来考察，民意测验全票，当然也包括最眼热他的喻大人的一票。喻大人这样做很聪明。

喻大人是跟倪院士岁数上大差不差的少壮派，上的心也很切，一直跟在倪院士屁股后面，齐步走，一二一，一二一，倪院士是教务处副主任时，他是教研组长，倪院士是教务处主任时，他是副主

任，倪院士提了副校长，教导主任的窝子就脱壳给了他。齐步走的时候，倪院士没有立定稍息，他也就没有立定稍息，一直如影随形。

现在倪院士又稳稳地坐上了校长的宝座，他也提了副校长。不过，且慢，这里有了节奏上的变化，屁股跟不成了，不再是如影随形，影跟形分开来了。在他和倪院士之间，任命了一个第一副，文件是县委下发的，征求了倪院士的意见，倪院士提名一个原先排名末座的副校长，位置放到前面来，当了一副，文件上就写着列于喻大人之前。这样，喻大人就是二副。

一副很感激，小倪校长重用他，使他在副校长序列里翻了个身儿，自然要紧跟。喻大人也没有什么话好说，一来那人本来就在副校长序列，比他高一个档次，二来那人在高中数学上是个权威，资深。

倪院士对副校长分了工，一副抓教学，二副抓支部生活共青团工会和学生工作，三副抓财务和后勤。这样二副的分工最虚。喻大人也就忍了，不管怎么样，他总而言之是上了一个台阶。

喻大人忍，是对的，他不及倪院士的能力和背景。倪院士这么安排，也是控制住他。喻大人就像网兜里的一条鱼，动弹不得。

新校区在吱吱嘎嘎的建设之中，全部的班底还都在老校区，蛰伏在法国梧桐下，一片宁静。许许多多从这儿毕了业的学生留下了记忆。夕阳的余晖散在梧桐树荫，中央是一幢两层的主楼，可容八个班级的学生，这楼是民国风味。两边是一排排带走廊的漆成朱红立柱的平房教室。东边一个操场，西边一个操场，后边有个茅草盖的大饭堂。

学校的左太阳穴，有个流水环绕的小土山，校的屁股是田野和

一个岸边垂杨和水中荷花的大池塘。后来，池塘边出现了一溜排猪圈，有个老教师育出一头千斤约克夏，约克夏就成为学生中的流行词，谁又白又胖就是约克夏。

两个操场之间，有一个升旗用的平台，到了做早操的时间，高音喇叭放着造气氛的进行曲，学生们都涌到操场上来。

一个姓章名斌的体育老师就站到这个平台上，伸胳膊展腿的，领着大家做操。他一身大红运动服已经洗得泛白，只有裤裆那块没有褪色。不知是谁注意到，传开来，初中部的男生在下面偷着笑，尤其是章斌把腿伸很开的时候。

那时倪院士不在这些小流氓当中，他还在上小学。

章斌自己好像没注意到，他一直很认真地一节一节地做，做得规范，也一直穿着这身运动服，没有换过。

这种大场合，有个教务处的副主任喜欢跳到平台上，讲一番话，他是富有口才和表演秀的，他的块头不小，皮肤白，有些像混血儿，被小流氓们当成了素材，流传着一段得用扬州评话的腔调才能出效果的：其中一人乃西洋兵头，黄发碧眼，手持宝刀，炀然不可逼视。伪托冯婉贞。后来写校史的时候，有人查了冯婉贞这篇，并没有这一段。

这个貌似混血儿的教导处副主任，排名最后的一个副主任，他站在台上讲话的时候，一点没有小干部的猥琐，很放得开，奔放、挥洒。

我在通中的时候，他只跟我有一次交集。那也是在我上初一，中午到校，距离第一节课，上课的钟声响的时候，还有一段长长的时间，那时还没有电铃，整个通中校园，初中六轨十八个班到了我们上初中的时候缩成四轨十二个班，高中一直是三轨九个班，都听

这个钟声的号令。

　　钟声鼻音浓重的响起的时候，孩子们跳呀蹦呀一下子刹住，都收回到潘多拉的盒子里，有课的老师各自向自己的教室走。我这说的是这之前的一段众声喧哗，我没有哗，我在悄悄地干一件坏事。

　　冬青丛围成的花圃里，有一棵金橘吸引了我，它的香气飘散出来，钻进了我的鼻孔，我起了贼心，钻进花圃摘了几颗。被一个从这儿路过的校工看见了，大喊一声，我魂都吓掉了，撒开双腿就逃，但金橘还没有舍得扔。

　　那个校工，是个二十岁的年轻人，像一条猎犬一样紧追不舍，我就绕着一幢幢教室的外围逃，那教室的后面背阴的地方有青苔，很滑的，我也顾不得，但还是晓得不能往那幢二层楼上逃，那幢高中部的楼就一条上下楼的道，逃到上面就是死路一条，除非跳楼摔断腿。

　　就这么四渡赤水的绕来绕去，我还是被他逮住了，因为我实在没有力气了，几乎是瘫在地上，口吐白沫，他带着胜利的笑意，说，看你还逃不逃，然后把猎物叼起来，送到教导处，交给这个被学生或丑化为西洋兵头或誉为法兰西总理的教导处排名最靠后的副主任面前。他坐在一张办公桌后面，神情祥和。那个年轻校工把赃物，几粒黄灿灿的金橘，放在他的办公桌上。他点头示意，那校工出去了。办公室里虽然不止我们俩，有好几张办公桌，但人也不多。他轻轻地，低声说：

　　"以后学校里的长的什么，不能摘，知道吗？"

　　我涕泪交加点点头，等待着处罚。

　　"回教室去吧。"他瞄了一眼腕上的表。"马上要上课了"

　　我懵了，或许是他要告诉班主任，让班主任再来收拾我。

结果什么事情都没有，他没有跟班主任说。

以后的好多年，我还跟他下过围棋，我从来没有提过这件事，他肯定忘了，在我心里，有时会想起。

有一条小河从老校区穿过，寄宿生的几排厚厚的草盖的宿舍就在小河那边，河上有一座木桥，没有什么装饰的，幽然，但不是廊桥遗梦里的那种桥，或是蓝桥会的桥。过了桥，进了宿舍，那里面晦暗，有臭袜子味、汗味，还有些暧昧的，可能是遗精短裤的气味。女生宿舍情况不明。

为什么饭堂和宿舍要用茅草盖顶，不可能是缺钱，校史上也没有写。通灵县重教，到了新的执政者也是如此。校长是由一个民主人士的副县长兼的。继任是一个老区长，脸上虽然无笑，却是一个质朴厚道的人，没有什么文化，做报告就是毛主席所挖苦的党八股，甲乙丙丁开中药铺，一国际二国内三全县四本校。秘书写的他照着念。

记得偶上初一的时候，上音乐课的时候唱卖老鼠药的歌。那歌那阵子很流行，全班的男生都在唱。音乐老师去告状，他把偶拎到教室外面，把偶的头在红砖的墙上狠狠连撞了两下，就是这个八股校长。偶恨了他两年，到了上高中，这点过节就淡了，后来几近于无。八股校长是个没有什么文化的工农干部，实实在在的一个人，偶对他的印象很好，有流言说他爬灰。

通灵县中围墙外面，是县里面的体育场，偶小的时候觉得这个体育场庞大，四百米的跑道也很恐怖。这个体育场方便了通灵县中，要办运动会都上这儿办。有个高二的长辫子的女生，挺漂亮，鼻梁直，胸脯挺挺，有点像维吾尔少女，摆动双臂跑一百米比风还快。她也不把两条辫子绾起来，辫梢一下一下拍打着她的翘臀，挺

性感的。还有个刚分配来的英语老师，头发弯弯曲曲丝丝缕缕像狮毛，他奔跑起来像个摇头狮子，姿势也难看，但两百米冲刺速度极快，对手被落下老大一截，但三千米他就不来事了，他是爆发型，没有骆驼的那种耐性和功夫。

这个体育场还用于县里开审判大会，枪毙人。

到了连绵阴雨的季节，体育场的草地上会生出一种像地衣的菌，黑黑的软软的薄薄的，像小羊耳朵。有个名称的，叫胜菜（音）。偶们会去采，采回来给妈妈，炒了吃，或做豆腐汤蛋汤，味道没有印象，不怎么好吃吧。

还是回到小倪校长。倪院士幸甚，在他成长的摇篮里就任。老校区的感觉就是静，小倪校长内向，这就融为一体了。每天在学生上早自修的时候，班主任就要到校，小倪校长也就在这时出现在校园里，到处看看，再冷的天再大的风雪，他都不懈怠。他是要输入一种勤勉的理念，这种理念首先他自己身体力行。他要求每个教师每个月写一篇工作感想，由教务处收齐，送到他这儿来。他一篇一篇看，最后只写一个字：阅。署上自己的名字和日期。退回。究竟他阅后的印象是什么，你不知道，他也从来不在大大小小会议上提及。

有人怀疑他没有看，或是从来就没有认真看，他是要造成一种相类于面对面的效应，一种无时不在无处不在的张力。有个教师轮不到上高三教毕业班，老是在高一高二，高二高一之间来来回回，忍不住去找他。他沉默了片刻，说，你不是上，而是下，说不定还要出，根据你的工作表现。就这么几句，不再多说，小倪飞刀没有出手，那个教师已经惊出一身冷汗。

学校的职员，各是各的职责，他的任务就是检查他们各自的职责，拧紧每一个螺丝。每个人都知道他性格比较冷，除非万不得已，不去越级找他。这样，通中的工作井然有序，他有时出差个把月，学校里链条齿轮如常运转，太平无事。

省里教育厅有个副厅长下来调研，对通中很欣赏，说，办教育就是要这样。听说倪院士还兼高中一个班的物理课，高兴得直夸，好，好。不要一当上官，种田都不会了。

倪院士本来就是教物理的，课讲得好，是知名的中青年专家。副厅长在通中校园里到处转悠了一下，看到有块隙地种了菜，说，很好嘛，学生可以学习种种菜。旁边有个厕所。

副厅长说，施肥就地取材，比化肥环保。

倪院士心里笑脸上不笑，现在的学生，谁还肯去舀大粪。

这菜地是食堂里几个农民工在侍弄。他也没有跟副厅长直说，扫他的兴。新校区的工地副厅长也去看了看，对陪同的县里的教育局长说，老校区我看蛮好，不要丢掉。有什么不适应的，可以做一点局部的小改造，但不能改得不伦不类。丢掉更可惜，不要只图了几个钱就把个好好的校园卖掉。

县教育局局长说，我们也有这个想法，想把原先划出去的一个初中校再挪回来。请厅长再跟我们县的许书记说说。副厅长说，好的。你们也要有盯劲。

第五章　蚊子血

　　现在 QQ 上可以交谈，可以发信件，但我觉得没有什么好谈的，也没有什么好写的。习惯了用写的字去换钱。而我跟蚊子血不怎么好讲这个话，逢到不能换钱的写作，我就陷入某种恍惚和迟钝。宁可不写。

　　虽然我们写的字不值几文钱，从经济效益上甚至还不抵农民工。而蚊子血不是这样，她有着无从发表的旺盛写作欲，或者说，写作本身就是她延续生命的一种利器。对于她的一封封雪片似的信，我只能是或复或不复，恕不奉陪。

　　蚊子血比我要小十几岁，不是一个年龄段的。她跟我认识的时候，是在老家，也就是那个十几万人口的县城。所以我们有很多共同的记忆。她第一次去我们家，就翻我的书，这使我很吃惊。就那么自信么。但她确实是很热情，很慷慨的，只要她有兴趣，她愿意。

　　她有过一段自由支配的青春，用于写诗，用于与湖南的一个也写诗的男孩的恋爱，为此她坐火车去湖南（现在这样冲动的女孩很多，那时，八十年代稀罕）。那个男孩太穷，自己的饭碗都不知道在哪儿着落，她把初恋给了他，不给他婚姻。她把这些都写在日记上，把日记寄存在我这儿。

　　好多年前，她去了珠海之后，问过我，日记在不在？我说，在。这些我都放在老家的一个地方，连同我的一些私密信件照片。她不想让她的先生看到，其他也再没有比我这儿更可放心的地方放这几本日记。这个男孩后来也去南方打工。他们见过面，并没有重续旧情。她很失望，意思是当年那样不值。后来再也不提。

　　后来，她交好运了，嫁了一个跟钱有缘的先生，比她还小两岁。她不会挣钱，先生会。她先生样子像个白面书生，戴了副眼镜，说话斯文。这个模样，做生意就有天然的欺骗性。有个中技的文凭，中技的文凭太低，我疑心他到珠海买了个清华还是北大的文凭，有这个比没这个好，况且他的长相跟这个配。

　　有一次一家子去澳门玩，有两个老外不认识路，见他这个斯文样子，便趋近用英语问路。先生只好微笑摇摇头，老外不解何意，耸耸肩表示遗憾，走了。女儿窃笑，晓得谁跟他老爸讲英语，差不多就是遇上了一个哑巴。这是后话。

　　先生一脚到珠海，从打工仔做起，给一家卖避雷器的公司做营销。吃这碗饭，不仅要脸皮厚，还得有点真本领。现在全世界的产品都过剩，谁能有这个本领把产品卖掉，老板就认你是爷们。

　　先生租了个房子，把蚊子血和女儿带到珠海去了，后来在那儿买了个房子。蚊子血信任我，大多数的话都跟我说。第一年积蓄了六万，很亢奋，电话里小声说的。后来就不跟说家底了，只说了一

年的花销就有十几万。再后来，花销也不说了。差不多有点旧了点的衣裳，就不再穿。

有年夏天，一件刚买的连衣裙，上面沾了一点蚊子血，就不肯穿了。用个手提袋装起来，放到楼下的垃圾箱旁边，由人去捡。她妈妈听说一件新衣，沾了一点蚊子血就不肯穿，扔了，心疼得不得了。

买了辆车，请了个司机开，我说，你要当心小青年劫财劫色唷。我怕她玩火，玩火自焚。后来她自己开。

可能有个跳舞的跟她有来往，岁数差不多大，那人也是我们老家的，我见过，样子清秀，单眼皮。只是猜想而已。这么说基本上没有妒意，天下的女人是天下男人的。但我还是希望她就拴在她先生这棵树上。

为了她的小家庭长治久安，我苦口婆心，劝她对先生不要管束太紧，要有雅量，要睁一只眼闭一只眼，女人比男人老得快，这是天意，何况你还比他大两岁，何况他是做生意的，陪客户也得陪呀。我还有些话不便跟她说，不说她也应当有数。

这个妇女解放运动，在农村里还有进步意义，城市里搞得像回到母系氏族社会。女人们爱情至上，其实是要统治男人，也有熬到滴水成珠，终于听到小教堂的钟声。聪明的女子现在都与时俱进，男人是天上的风筝，也给他们有蓝天白云的舒畅，线呢还是在太太们手上。尽管好像俗气了一点，但实惠。也不愧对造物主的安排。

蚊子血有一段时间很气恼，所有的她过去的女同学都对她的好运，心生妒火，认为她不配，德言容工，她们都比她强，凭什么她能找到一个对她忠贞不二、处处顾家、对太太体贴并且看上去还又斯文体面，更重要的是会挣大把大把钱的小丈夫。

尽管饭局和小礼品都是蚊子血埋单，还不是她们的心思。她们想怎么着呢，蚊子血气恼，一气恼，就：世人皆可杀！我说，根子还在于你，你比她们日子过得好，就不能低调一点吗？你炫富，赚取了她们的羡慕，那就该付羡慕费，你让她们心里难受，那就该付伤害费，你让她们无端地产生妄想，还得再付妄想费。

这么一划拉，就不是饭局能打发得了的。我这么一说，蚊子血也就不吱声，不再怨天尤人了。她也有她的难言隐痛，尽管先生对她温柔，她一生气，先生就手足无措，不知怎么安慰是好，她还是跟他没有多少"共同语言"，不知是不是有点矫情。

但商人在家里的绝对时间不多，这也是确实的真的，商人重利轻别离，前月浮梁买茶去，没法子的事。幸而她有个女儿，女儿渐渐大了之后，跟她能谈几句心了。丫头喜欢跟她睡一个被窝，并且脸对着脸，然后就很安心地睡着了。

早晨跟女儿一起吃早饭，女儿去上学，她在门里听着她蹦跳着一级一级下楼梯，到了底层，拉开沉重的电子防盗门，出去，关上，然后她把家里的门轻轻关上，每天如此。然后，她把家里稍稍收拾停当之后，如果是天气晴朗的话，她就会躺到床上看天上缓缓移动的白云，每天的白云都是不一样的，因而趣味也是无穷无尽的。

她给自己开了个博客，她给博客起了个名"绝尘之上"。绝尘是一万米还是两万米高空，要不要带氧气瓶？博客开张了没几天，她就自己将它关了，说是不想让俗人踏入这片净土。

我心里嘀咕，是不是开张之后点击率太低，没面子。对我还算好，网开一面，我当然也就不算俗人了。

女儿的学习，据说她是不怎么在心的，跟其他的做父母的比起来，要差一大截。也没有送到国外去。在学校里，功课掉下来，也花点钱补补课。

她自己说，不作多大指望，在珠海有本地户口的不愁找工作。虽是这么地说，夫妇还是盼她成绩能好，能优秀。

孩子有压力，说要出走，也不想活了，这么说，就要真的离家。她也不去劝一下，不去安慰一下，不去拉一下，冷冷地说，不拦你，你把钱包丢下。女儿就把钱包一扔，哭哭啼啼冲出门，走了。她气消了，想想怕起来，越想越怕，如坐针毡，度时如年。

幸而女儿胆小，没敢怎么走远。我批评她，你怎么能对孩子这样呢，多危险！后来再也没有发生出走的事。

女儿渐渐大了，喜欢昆曲，这有点怪怪的，不知搞的什么名堂，随她去。白先勇带了个班子在广州演牡丹亭，女儿一定要去看，她买了票，让她自个儿到广州去看。

过了几年，丫头上了大学，我还记得那次看牡丹亭的事，问个究竟，她说，因为好听，所以喜欢呀，没有什么特别深沉的缘由吧。就是喜欢昆曲那一唱一叹的调子，很柔软很婉转。牡丹亭是代表曲目，感叹于大文豪的手笔，也想写一写戏曲剧本。

老匹老婆所在的那个图书室，有两个管理员，另外一个也是个女的，大家都叫她小殷。

桦子跟她说，小殷呀，你的名字，别人远远一叫，还以为大歌星光临我们学校来了。小殷的名字跟殷秀梅同名。

瘪蛋说，那你以为小殷如果学唱歌，就不会成为另一个殷秀梅？小殷说，瘪主任，你别拿我们这些小人物开心了。

瘪蛋说，我可是正儿八经，不是开玩笑，你的声音很好听，音

色好。

桦子说，你这一说，还真的有点像，你怎么不去学一下唱歌？

小殷说，你别信他的，你们家匹老师才唱得好呢。

瘪蛋说，他那个是业余，要学要找一个音乐系的科班出身，最好就是搞声乐的。

桦子说，是呀是呀，什么事都得请专业的。

桦子上菜场买菜，碰到善子。

善子说，羡慕你呀。

桦子笑了，说，有什么好羡慕的，人闲了，钱少了。

桦子也说的真话，桦子到了县中图书室，工作轻松，人舒服了，收入却没有在小学教书的时候多。桦子在的小学，是小学这一块首屈一指的名校，龙头老大。

现在小孩刚刚会走路，就上了起跑线。家长都在倾力投入。乐器，棋艺，书法，奥数，英语早教，一样不落，似乎有无限的可能。

名校名师向小学生的家长收钱也收得狠。一线老师的奖金福利还有各种灰色收入。善子呢，在的一个染织厂，厂子破产了，人下岗。见桦子从小学教师调到县中图书室，也眼热。论起来瘪蛋还是通灵县唯一的理科特级教师。

物理特级教师反倒不如数学高级教师吃香，这与数学和物理在应试当中的份额不一样有关。尤其是文科，不用考物理，就靠数学，解一道题就是十几二十分。中考也是数学重要，数学是一百二十分的卷子，物理是一百分的卷子。

善子跟着瘪蛋，日子过得闷恹恹的，没有什么光彩。当然，这是外人的眼光。

驼　囊

瘪蛋说到善子，那口气是满意而且昂扬，你不要以为全是真话，也不要以为全是假话。

偶这么说，是这口气使偶生疑，男人知道男人，谁不想有个漂亮温柔的女神级老婆，想得到想不到那是另外一回事。

我跟善子是有缘分的，而且缘分不浅，瘪蛋这么说。

我们两个的家世都是很特别的，跟其他的孩子不太一样。我父亲是当兵的，是异乡人，湖北云梦县，离这儿很远。他怎么跟我妈妈认识的，怎么结合的，是一个谜，现在他们那一辈的人差不多都死光了，有的事情可能再没法子弄清。

我父亲出生几个月亲爹就死了，八岁时亲娘也没了，跟哥哥嫂子一起过日子。大哥比他大好多，他只比侄子大一岁。哥哥嫂子对他都不好。一个算命先生悄悄跟他说，看过他家坟上风水的，要想活命，要想过上好日子，就要向外面走，走得越远越好。

有次又跟哥嫂吵架，他就跟到村子上招兵的人跑了。恰巧他姐夫就在这支部队上当文书，姐夫劝他逃走，并且买通了人一定要他走，他的大大（伯父）也要他回来，帮他租田成家。这样，他就开小差逃回来了。讨了个老婆，生了个女儿，也就是我的同父异母的老姐姐，现在还在湖北那边。

怎么的他跟堂嫂又争吵，把堂嫂一顿打，有人跟他说，堂兄告到县衙，他在水田里做活计，放水的时候，看见几个端枪的人向村子里走，以为是来捉他的，忙把大锹给旁边的人，自己逃走。这是第二次出走。走向哪儿，走到哪儿，都不知道，只记得算命先生的话，走得越远越好，才能活命，才能有好日子过。

他一跑，又跑到部队里去了，是李宗仁的桂系，抗战的时候要培养士官，把他送到贵州独山黄埔军校的一个分校，学的是工兵，

结业后回到部队，当上了六〇炮排的排长。

部队是一直流动的，也就是一直在走，走到一个离湖北云梦县很远的地方，可能是镇江，碰上了他的第二个女人，也就是瘟蛋的妈妈。他们是怎么认识，怎么结合的，人不在了，已经难以弄清楚。

他们活着的时候，瘟蛋虽然好奇，但不好问，他们也没有说。就这样错过。

他到了通灵县，不再走了，他有了女人，也生下了我们弟兄五个，但没有家。他一个人到乡下种田，我妈妈也不跟他在一起，妈妈也在乡下，在一个小学校教书。我们就跟外公外婆在城里生活。

我生下来八个月就离开了妈妈，这对于我的性格影响很大。跟母亲的依恋会产生一种依赖外界的情感，我没有，外公外婆毕竟隔了一辈，年岁差得也大。养成了我的跟差不多年龄孩子不一样的冷静和独立性格。

我跟善子说过，我跟我妈妈在一起的时间，加起来不超过三年。这还包括她退休之后回到城里的时间。我父亲是个闷子，能成天不说一句话。

我妈妈可不一样，她是个喜欢说话也有儿童好奇心的人，街上小贩卖那种做工很糙的二胡，给小孩玩的，一点点小，琴筒上也蒙了蛇皮，二角钱一把，她买了一把回来，吱咕吱咕很认真地学着拉。我跟善子说，倘若活到现在，她肯定要玩一把电脑。刚退休回来，居委会开了个米饼店，请她去管账，一个月能分到三四十块，她快活得不得了，夜里在床上数钱，因为米饼收的是碎钱，几角几分的，我们在隔壁都听见镍币碰响的滑溜声音。

我们弟兄五个，小的时候吃饭穿衣零用是笔不小的开销，老五

就跟我父亲在乡下，后来把老四也送到他那儿，老四跟老五的户口一样，成了农村户口。那是后来的事，对户口看得没那么重，看重的是队上分口粮不要钱，我父亲每个月还挑七八十斤粮送到外公这儿来。

在此之前，是四张嘴吊在外公这儿。外公的退休金是十三块五角，妈妈一个月补贴十块，幸而还有二姨小姨支持，二姨一个月贴十块，小姨小姨夫是国家干部，一个月贴二十块。这样，总计是五十三块五角，这样，生活就能正常地转起来了。

到了三年灾荒的时候，也没吃什么苦，外公在粮食系统，供应市民的那铁皮直桶装的食油，总会在桶底留下点油脚子，除此之外，还有做月饼时留下的月饼屑子，所以我们在饥荒年代不算苦。胡萝卜缨还没吃过。我们这个家就是这样，有点奇怪。

我跟父母在一起的时间很少，尤其是跟父亲。我只知道他有"政历问题"，但不知道是怎么一回事，在我要入团需要填登记表的时候，写了封信去问他，他写了封很长的信给我，哪一年做的什么，都清清楚楚，这封信我至今还留着。

临到老了，父亲和母亲都回到城里的这个家，父亲总算抱上了他的长孙，坐在天井里晒太阳。没有多久，他因为贲门癌复发，先走了。母亲得了尿道癌，这个癌的预后应当是好的，可她的性子躁，手术之后把尿道改道的那根管子拔了，结果尿道感染，逝于尿毒症。

母亲晓得自己不行了之后，问我，我死了之后，你们不烧？我们那儿有个烧七的风俗。

我说，不烧。我是微笑着说这句话的，尽管我知道她是想听到相反的回答。但她真的走了之后，我心里还是一下子悲从中来，我

从此不再有爸爸妈妈了，这真的是人生当中的一道分界线，不走到这条线的人们是不可能有感受的。

我又一次想到了我的缺失，那就是婴幼期的母与子的亲昵，那是一种非语言的交流，它在感觉上感情上会植入一个人的潜意识，影响他的性格的出发点。我第一次朦朦胧胧感觉到这种缺失，是在我过十岁生日的时候。母亲特地为我请假回来两天，把我带到有缝纫机的小店铺，量了一下我的身体，替我做了一身蓝咔叽的学生装，还到百货店买了一双鞋。第二天，是星期天，我一个人送她去车站，穿着那身新衣服新鞋，车开走之后，好长时间我都倚着一根电线杆站着，看着身上的衣服，还有脚上的新鞋，久久不愿回家。我心里忽然地涌起一股想母亲抱我一下亲我一下的冲动，就跟我所看到的别的母亲和孩子一样。那一瞬间，衣裳什么的都不重要。那时我还不知道这是缺失。这种失落，又被再次看我的新衣服新鞋的喜悦冲淡了。

很长时间，我对母亲的感情不是很浓，对父亲更是。父亲在"文革"中被冲击，被戴上了一顶历史反革命的帽子，那还是到了改革开放，五弟到了街上，我从五弟那儿知道的。

母亲通常只是寒暑假回来几天，那时教师都要集中学习。对于她的去与来，我几乎是无所谓。人常有的感情，我却没有。

我外公的姐姐，我们都叫她大姑婆婆，跟我们在一起生活了好几年，有一次我从外地回来，外公告诉我，大姑婆婆去世了，我竟一点感觉一点悲哀都没有。我性格里面有一种骨子里的冷，与人没有无话不谈的，也没有关系真正不好的。这可能都与我婴幼时期的缺失有关。

我养成了只相信自己，只依靠自己来保护自己。对于别人能

给予帮助就给予帮助。比起一般的人，我还算乐于助人的。但帮助不是包办，我也没那个能耐，而且我的原则就是，路是自己走出来的。

对于家，我也比别的人要淡漠。从小的时候就是这样。外公也不希望我们恋家。别的人下放，都选择靠近一点的，我特地选择了一个远一点的公社，在那儿定心得很，不想家，不想外公，不想爸爸妈妈，到了过年过节也不想，他们对我都挺好的，我对自己的冷也觉得怪。

我还是跟外公在一起生活的时间最长。

外公的祖上开油坊，这份家业到了外公手上就守不住了。外公不看重钱，对于世俗的事，是不以为然的。他说，钱不是个好东西，能送人的命。二十岁的时候外公生过一场病，差一点死了。生过四女一男，这个儿子有癫痫，躲飞机的时候掉进水塘淹死了。一男没有了，只有四女。外公没有子嗣，我们几个弟兄，除了老五，都跟外公姓。

这对我的父亲有些不公平。后来我带了几个兄弟，还有弟媳，到湖北云梦县寻根的时候，那时我父亲不在了，父亲一代的人也都不在了，是第二代第三代接待我们，他们也提出这个姓氏问题，我父亲生了五个儿子，怎么没有一个跟他姓？这个问题我也不好办，虽然我是长子。不但既有历史我无法改，再下一代的姓氏也不是我能做主的。顶小的一个兄弟，也就是老五，后来父亲把他过继给一个寡妇，就跟那个寡妇姓。

偶曾经听鹌鹑蛋说，瘌蛋是明确的过继给外公的，所以外公特别地疼他，他学习成绩也比他们几个优秀，其余几个跟谁姓没明

确，也就这么跟着外公姓。

鹌鹑蛋解析瘪蛋的父亲，也就是鹌鹑蛋的爷爷，是招上门的女婿，但偶对于是不是招上门有疑问，或许是瘪蛋的妈妈自个儿做主，外公不同意，所以他不能够进门。没有家产，又是外乡人，只得到乡下去寻活路。没有经济来源，也不会干活，以前一直当兵，一个人过得很苦闷，沉默寡言。没有本事去养活这么多的孩子，全部是由母系的人们来抚育。在家庭里毫无地位。这也是为什么这么多儿子，五子登科，却没有一个跟他姓。

鹌鹑蛋说，外公很宠瘪蛋，极少批评，对于其他几个就不同了，经常批评而且要瘪蛋协管。尤其是学习上，外公也用了一些奖励的办法，大仿的字写得好的、数写得好的字给零用钱。

老二、老三、老四都有点贪玩。有一次瘪蛋放学回来，从门缝里看见，老二、老三、老四在里面打牌，他们发现了瘪蛋在偷窥，一愣，慌乱地把牌一扔，很紧张的样子。他们几个很害怕瘪蛋向外公告状，瘪蛋没有这样做。鹌鹑蛋分析，当时他们紧张，可能跟学生违反纪律，被学生干部看见的情景差不多。

善子跟我做过一阵子邻居，就一两年，住在我家对门。我经常看到她，脸黄巴巴，脸小，我心里给她起了个外号——小老太婆。善子的家庭跟我们家差不多，也是很特别的。他老子南洋大学毕业，学医的，原来在南京，是国大代表，后来回到老家，想去做教师，有亲戚举报他国大代表这一节，教师没当成。家里没有了经济来源，善子的妈妈和哥哥姐姐都到农村去种田，只有善子一个人在城里陪国大代表。一个好好的家庭，拆分成了城里乡下两边，这跟我的家庭是不是有点像？

我外公喜欢玩些花鸟虫鱼什么的，院子里一面靠墙三面围住的

驼　囊

花台，这个花台大得像一片土地，几乎占了大半个天井，花台上养了五六十盆花，有杜鹃龟背竹蕙兰铁脚海棠虎耳草，还种了一棵香圆树，这树不高，结的香圆橙黄，不能吃，苦，晒干了可做药引。到了夏天，外公就会在天井上方搭起柴帘来，连同这些花草都遮起来，也减轻了骄阳向堂屋的辐射。外公坐在靠近廊檐的一张桌子旁，饮他的茶，面前有一个碟子，放着一些瓜子糕点，想吃，就拈一片。院子里很静，有丝丝振翅的声音，可能是蜜蜂，或是小苍蝇。

　　善子的二姐看中我外公养的花，想去偷，就撺掇善子一起去偷花，她俩心虚，商量了一个主意，拿了铁皮吊桶，假装穿过天井，到那边的水井去打水，睃一睃我外公在不在。两个人轻手轻脚跟猫似的，堂屋的几扇槅门半开半掩，善子探头一看，小声说，在。她二姐一慌，吊桶咣当掉在地上。

第六章　乌合之众

我们又见面的时候，你给我带来一本书，说，这本书的作者太了不起了，书是好多年前写的，现来读来还是很新鲜，就像是直接对着现在写的。你隆重推荐。尤其是书里有一章，说的是教育，教育如何走向反面，与施教者的目的和意图完全相悖。你说，如果早一点读到这本书，会更加坚定自己的想法，即，我做的是对的，跟上个世纪和上上世纪之交的这位先哲不谋而合。不言而喻，所有反对你的，对你持怀疑的，不满的，都是些芸芸众生，或曰乌合之众。

这本书的书名就是《乌合之众——大众心理研究》。我特意翻至书的第二卷的第五小节，书的作者，法兰西社会心理学家勒庞写道，国家用教科书制造出这么多有文凭的人，然而它只能利用其中的一小部分，于是只好让另一些人无事可做。因此，它只能把饭碗留给先来的，剩下的没有得到职位的人便全都成了国家的敌人。从

社会金字塔的最高层到最低层，从最卑贱的小秘书到教授和警察局长，有大量炫耀着文凭的人在围攻各种政府部门的职位（想起眼下的几百几千录一的考公热）。商人想找到一个代替他处理殖民地生意的人难上加难，可是成千上万的人却在谋求最平庸的官差。只是塞纳一地，就有2000名男女教师失业，他们全都蔑视农田或工厂，只想从国家那儿讨生计。被选中的人数是有限的，因此肯定有大量心怀不满的人。他们随时会参与任何革命，不管它的头领是谁，也不管它有什么目标。可以说，掌握一些派不上用场的知识，是让人造反的不二法门。

看这一段话的时候，我很自然地把你平时的一些话，对照起来想，情绪同样的都是很偏激的，都是居高临下地看芸芸众生的。我在想，为什么我们在看这段话，会有一种并不陌生，甚至非常眼熟的感觉？因为它接通了一种普泛的经验。把这个时代或者是那个时代相区别的去掉，无区别的是赤裸着的人和欲求。

当然，智者会绕开一些不切实际的目标，不作无谓的期待，但对于一个群体来说，不可能有那么多的清醒智者。所以，我们所知的群体行为，表现常常是不尽如人意的，带有盲目性的。勒庞把人们从历史活动的鼓舞人心十分鲜艳的画面中引领出来，去注意一些表面之下更为深入的东西。勒庞说到法国人引以为豪的攻占巴士底监狱。我们看到了处于画面中心的群体行为，一群极度兴奋的人团团围住监狱长并且拳脚交加，过程中让一个被监狱长踢了一脚的厨子去割断他的喉咙，这个厨子用大家给的刀没有割得动，刀有些钝，他就从口袋里摸索出一把小刀，以厨师的技艺熟练地完成了群体的指令。

我们在此后的许许多多群体行为当中，可以见到这种偏执与专

横，这与在皇权或是教会的专制之下的行为并没有区别，只是它是由群体去做的，也受到群体的喝彩和庇护。这样的屡见不鲜只有勒庞锐利地揭开，并且力图从心理学的内涵上给以穿透性的解析（当然，也可以说，就是捅破了一层窗户纸），使我想起鲁迅的解剖国民性。

这两者有相似之处。鲁迅没有读过勒庞的《乌合之众》，他的表现也是诉诸他的小说，在他的小说里随处可见这样的群盲聚集。勒庞的社会心理分析超越单一的种族分析，有着更多的宽泛性。或许我们再过一个世纪读这本书，依然会感到切近。再冷静一想，群体中的个人行为，除了受裹挟受暗示受现场情绪影响产生一种无理性的冲动之外，是否还遮蔽着一些别的什么呢？没有作者的照片，勒庞对于我来说，是个飞来之物。我想象着勒庞的模样。这张脸越来越大，并且越来越低地向我俯贴过来。我很想听到耳语。知，还是不知？是不是真的这么偏激？

外公被响声惊动，问，谁呀？

她二姐说，对不起。

外公一看，是她俩，猜出她们两个的心思，说，这花好看不好看？喜欢就送你们一盆。

善子不敢相信，真的吗？

外公爽气地说，那还有假，随你们挑。

两人反而满田地拣花，拣得眼花了。外公送了一盆正在盛开的杜鹃，两人快活得不得了。倘若她们识货，要铁脚海棠，外公就是心里舍不得，也会给的。

这事后来是善子自己说出来的，外公说，噢，有点印象。也

驼　囊

不知是不是真的有印象，因为这左右的邻居，跟外公讨要花的人也多。

善子就在我们家对门住了不过一两年，就搬走了。后来我再次见到她的时候，已经是五年之后，那是下放，坐在送我们下乡的披红挂彩大客车上，我一见到善子，怎么这么脸熟，黄巴巴的，小脸。我想起来了，并且记起了给她起的外号小老太婆。那时我还想过，有谁还会娶这个小老太婆。

我在日记上也没有记下我对她的印象和判断，可能是不屑于写吧。我日记上记的是我们巷子里的另一个女孩，那个女孩长得就像外公养的那些鲜花似的，像哪一朵呢，海棠还是杜鹃，比来比去，我觉得哪一朵都没有她好看。

但我在日记上却是写的完全相反的："别的人都说她长得漂亮，我看也不咋的，嘴巴那么大，腿那么长，像只长脚鹭鸶，我看都懒得看她一眼。"

我之所以这么写，是因为她伤害了我的自尊，我们经常在巷子里遇见，她倒是从来没看过我一眼。那时我的脊柱还没有发生弯曲，但见到她，心理上就矮了一截，我本来个子就不高。我就在日记上发泄，发泄了也就是仅仅是给自己看。

那段时间，我每天偷偷跟着她，中午放学，下午放学，上学的时候也在她家附近守着，听到塑料鞋底叩击石板的声音，就知道是她出来了，这样尾随了一学期，不知道是她没发现，还是压根儿就不想理我。有时，碰巧迎面遇见了，她也不正眼瞧我。她皮肤很白，一双眼睛尤其的大，亮，跟小燕子赵薇差不多吧。可是，她不看我，两眼空空的，从我身边骄傲地走过去，好像我是空气，压根儿不存在。

059

冬天，穿一件军绿大衣，还捂着个大白口罩，只露眼睛在外面。那时候又没雾霾，空气好得很，捂口罩是洋气，是时髦，是优越。她爸是县人武部的，从部队上下来的。大衣是女兵穿的，崭新的，泛着新布才有的光泽，还带点小腰身，她本来个子就高，穿上军大衣真是英气漂亮。书包也是军用挎包，斜挎在肩上，一晃一荡的，拍打着胯骨。

我承认我暗恋她。哪个男孩子没有几个暗恋的女孩。我为她梦遗，我……

她那么对我，我当然气恼。不过在日记里发泄几句。

后来，她父亲得了重病，死了。我很想在她悲伤的时候安慰安慰她。这绝不是乘虚而入。看着她红通通的眼睛，我鼓足勇气，迎上去。巷子有点窄，我拦在她前面，结结巴巴地说，你，你不要，不要太难过了！

这是我这辈子跟她说过的唯一的一句话。

她什么也没说，也没看我，侧过身子，从我身边走了过去。鞋底叩击石板的声音一下一下敲打着我的脑袋。那叫绝望啊。

再后来，她去了外地，高中没毕业就上军校去了，她爸的老战友把她带走了。很少回来。拆迁之后，巷子没了，家也搬了。再见面是二十八年后了，那是后话。

没想到善子跟我结婚之后偷看我的日记。

善子看我的日记，对于我写的那个女孩的那些怪怪的话，她没有提，只是针对我写到小老太婆的那些话，这是我跟她下放之后在一个大知青组之后写的。我这样写：我现在跟小老太婆经常地见，对她也不那么讨厌了，情人眼里出西施。

善子很气，脸都拉下来了。

我说，你看到后面一句了没有，情人眼里出西施。我已经对你动了心思了。

善子说，你了不起，美男子。

我说，我肯定不美，男人越是不美，越是想找个美女。

善子说，那你去找就是了，干吗要粘住我。

我说，你现在是美女了嘛，不信，你自己在镜子里瞧瞧。那时你没发育，心情又差，见人都没个笑脸儿，现在你瞧瞧，你养得红白滋汤的，一笑起来两个酒窝儿，跟小时候大不一样，像变了一个人。

善子说，我是白骨精，会变。

我说，你不是白骨精，是狐狸精。

善子啐了我一口。那时我们两个感情已经很好，就差临门一脚了。所以也不会为日记上写了小老太婆这几个字，就跟我翻脸。

不过，我倒是担心她会为那个长脚鹭鸶吃醋，这是我怀的鬼胎，她并没有看出那是反话，藏着的曲里拐弯的心思。

那一次可以说是我的初恋，也是单相思。那次特别热烈，特别投入，充满着梦幻。因为就住在同一条巷子里，我们这条巷子很长，夜色遮掩下，我曾经在她寝室的窗下徘徊，直至里面的灯光熄灭。由于没有得到回应，就陷入了一种狐狸吃不到葡萄的心态，在日记里去说人家坏话。这是我回忆起来，心里不安，有愧的。唯一能够原谅自己的，那时我才十二岁。

我还有一件有愧的事。那就是，我的父亲写了一封很长的信给我之后，我知道了他走过的路，他每年乃至每月做了些什么，这使我对他的"政历问题"有了清楚的了解。我了解了之后，就用毛主席的中国社会各阶级的分析的几个条件来套，给父亲划分，按他的

经济地位，应当属于赤贫，但他又参加过旧军队，并且当上了六〇炮排的排长，算是个最低军阶的军官，这是一个历史的污点，可耻的污点。我完全没有注意到他还曾经是一个抗日军人，抗战时期黄埔四分校的结业生。

再接着善子的事往下说。我们的家庭有相似的地方，都是有污点的，都是城市乡下劈成两半，跟通常的孩子的成长环境不一样的。我这边有外公的呵护，有几个姨的支持，生活还顺。她那边就压抑得多了。她跟国大代表的父亲一起在城里生活，没几年国大代表就死了，夜里什么时候死的，也不知，善子就跟他睡一张床。那时她还小，她的姨可没有我的姨好。她跟姨夫要钱买烧饼，姨夫嫌她烦，把一个硬币丢到地上，叫她捡。她没有捡，捂住脸哭着跑了。所以，动员城里的闲散人口到农村去，她就打了报告。

那时我们这个街道在籍学生，就只有我和她两个人打了报告。我打报告，是因为待在家里无聊，那时红卫兵组织已经涣散了，大下放还没开始。通中还有一帮子人在那儿留守，一个负责人跟街道交涉，说，动员在籍学生不合法。这样，我们两个的报告就没有批下来。

我所说的送下放的人的大客车上看到她，那是几届的中学生大下放的开始，车上清一色的都是十几岁或刚满二十岁的男女学生。

这时，我看到了她，觉得面熟，那时我还不知，在籍生就我们两个最早打的报告。

她那时给我的印象跟五年前相似，否则我也不会感到面熟。我心里浮现出那四个字，小老太婆。有想笑一下的感觉。

知青分组的时候，又出现一个蹊跷情况，要求四人一组，可善子她们只有三个人。大队就采取了一个特殊办法，四男加三女，拼一个大知青组，大组下面再按性别分成两个小组。这个七人大组在全公社是唯一的，我是大知青组的组长，善子是小知青组的组长。大小组长要经常碰头商量些事，这样我俩接触的机会多了。我现在回想起来，善子跟我真的是有缘，不然的话，怎么会有这么多凑巧和相似呢。

这是我第三次爱上一个女孩。第一次是长脚鹭鸶，第二次呢，是在读高中的时候，我们班的团支部书记。那时候我们一头脑子的思想革命化，恋爱是违背纪律的，但青春期对于爱情的渴求，就像大地苏醒之后不断从树身向每一片枝叶源源不绝输送的汁液一样，虽然看不见，却不可阻遏。因为秘密，而格外甜蜜。那个女生，小小的个子，剪着齐耳短发，她是团的干部，支部书记，我爱上她，是因为她的柔性和秀丽大方，我也是干部，是班委，我们堂而皇之可以一道谈话。她对分寸感把握得极好，我又善于掩盖，竟然让那些处于敏感期的男生女生一点没有觉察出来，只知道她跟那个姓胡的男生处得好。

在我终于耐不住，要冲破她设置的分寸障碍时，她向我亮起了红灯。她说，她从来没有那个意思，是我误解了。

我是个干脆的性格，既然这么说，也就不再去往那方面去想，两人又恢复了明朗的同学关系。

那时我十七岁。

这件事没有其他人晓得，跟善子也没有说。在我记忆里，算不上重，也不轻。我曾经想，倘若不是我去逼她表态，是不是就会，我比一比那个姓胡的同学，除了我的学习成绩拔尖，其他的各项都不如他，胡同学风流倜傥，会逗，我什么也不会。而且，我自己还有个毛病，从十四岁起，我的脊柱就开始渐渐向左弯曲，这与遗传

没有一点关系，我的父系母系都没有脊柱出问题的，不知道怎么会这样的。上高中的时候，这个弯曲还不显，直到毕业自己才知道。一直到刚下放，我都不当回事，还照样挑担，上河工。直至后来，善子看出，并且有人叫我驼子，我从镜子里看，已经显了。

谁还会爱一个驼子呢，我跟善子开玩笑，说，不是有你，我就要打光棍了。善子疼我，怕我的病再发展，重体力活一律不许我做，由她来做，出门大旅行包由她拎。现在我们都老了，那个团支部书记也早已嫁人生子，也不是嫁的胡同学，直至我后来从教研室到通中，遇见了跟她长相性情有点相似的一个叫绿梅的女教师，才重新燃起了我对那段恋情的记忆。

在通中，我跟几个教师合作带了一轮实验班之后，自己要求担任一个班的班主任，倪院士同意了。我是没经验，想增加一些经验，一个教育工作者，当然要跟孩子们多接触，我也喜欢孩子。

我这个班主任是参加抽签的。刚考上来的新生分班，都是由电脑依据设定的程序去做，肥的瘦的搭配开来，让你无从挑肥拣瘦。是我倡议的，倪院士采纳。这个制度后来没有坚持得下来，校长受到的压力太大，开了个很小的口子。

没有不透风的墙，有的家长就想了一个点子，官二代的顶尖角色分在哪个班，他的小孩也要分到哪个班，跟哥哥进城，这个班的班主任和科任教师的配备是不可能差的，即使第一学年为了遮人耳目，到了第二学年肯定会调整过来。这个点子很绝，直接针对小口子的。校长后来没有法子，电脑派定成了乱点鸳鸯谱。

我做班主任的这个班的班长，原来在初中就是老牌班长，有经验的，省了我不少心。

有一次晚上六点多钟，天差不多快黑，班上的学生跟其他班

上的学生不知为什么事冲突，要到操场上去干仗。他就叫几个班干部，到操场上去劝，同时，打了个匿名电话给校长，怕自己解决不下来误了事。也没有向我报告。他自己小跑步到了操场上时，已经聚集了不少学生。我们班上的学生多，对方也不敢盲动，加上不少班干根据他的布置，在对方的阵营里找自己要好的朋友套近乎，这样气氛不是那么僵。

有人看见校长向这边跑过来，胆子小的赶紧溜了。其余的人也没心情，三三两两散了。他向校长承认，那个匿名电话是他打的，校长有点不高兴，看到没发生什么事，也就拉倒。

第二天他把这情况告诉我时，我见差点要出点什么事而最终没有事，当然很高兴喽，我问，你跟校长怎么说的？他说，操场上有两个班的学生要打架，您快去！一说完，就赶紧把电话搁了，也没说我的名字。我说，你把校长吓得不轻，怎么不说自己的名字呢？他说，那样要说好些话，我怕耽误了，一心想他赶紧去。

我表扬了他做事有点子，将来可以做社会管理工作，换一个说法，就是个能当官！他脸一下子红了，不好意思，到底是个孩子。

第七章　马匹

　　瘦兔子跟胖狐狸说，我们一起去幼儿园看看小朋友，好不好？胖狐狸说，好的。到了幼儿园，小朋友看见它们都很高兴。一会儿，瘦兔子对胖狐狸说，我要出去有点事情，你可要照看好小朋友噢。胖狐狸说，好的。瘦兔子刚走，胖狐狸就对小朋友们说，你们可要好好听我的话，谁不听话，我就吃了他！昨天我可吃了一百只兔子呢，啧啧，兔肉好香！小朋友们都吓得哭起来了。瘦兔子回来了，看到小朋友们在哭，就对胖狐狸说，不许你欺负小朋友！胖狐狸说，我没欺负他们呀？瘦兔子更生气了，用手指着它的尖嘴巴，大声说，你还敢小便！

　　以上是倍儿给阿黄讲的故事，阿黄再转述给我，倍儿听到这儿，急急地说，我说的你还敢狡辩，没说小便！

　　阿黄说，是你说的嘛，你还敢小便你还敢小便。

　　倍儿说，我没说、我没说！你耍赖！

驼　囊

究竟是谁耍赖，无人作证，只能说倍儿的嫌疑大一点。

我喜欢倍儿的很多语言上的错误，如盆子（蚊子），米么汤（粥），滴滴滴宝宝（DVD），只是倍语在不停地消失，消失。但我还是想保留一些，硬拽住，不让它消失。至今，我们看到鸟儿时，还是说 V，大一点的鸟是大 V，小一点的鸟是小 V。我抱着它，在阳台上看 V，对面屋脊上有几只 V。一只 V 也没看见，在睡懒觉呢。

倍儿怎么会把鸟说成"V"，溯源可能是"飞"。将来老师自然会教她，鸟这个字怎么读怎么写，到了爸爸妈妈这儿还是 V，一直到她长大了，长成个大闺女，还是 V。

其实，用不着到上小学，也许再过几个月，她就会像发现一个重大错误一样的告诉我，爸爸，不是 V，是鸟！

我已经想好了，我会平静地对她说，怎么不能叫 V 呢，你知道英语怎么说鸟，还有俄语，俄语管鸟叫 ПТИЦА。

有一次，阿黄急急地冲我说，你发起火来加个前缀，妈的，现在倍儿也学了起来，妈的。我说，带个前缀算个啥，昔有总裁娘希匹，今有淑女狗日的，TMD。后来阿黄又喜气地跟我说，不要紧的不要紧的，她学得不像，语气虽然把你的克隆过来了，版式不对，你知道她说的什么？她说的马匹。

对于倍语辞典的破译，我是占用阿黄的成果，否则我也不懂。我养过一只做派有些像野猫的大公猫，有一次我见它若有所思地在客厅的花岗石地面上，抬起一只前爪扒拉一下，稍停又扒拉一下。我问阿黄，是什么意思？阿黄也摇摇头，不解。它就这样反复地，有节奏地，我一直看着，我说，像大生产运动，一下一下在挥动砍土镘，解放区呀么嗬嗨，大生产呀么嗬嗨，军队和人民西里里里察拉拉拉索罗罗罗太，齐动员呀么嗬嗨。

瘪蛋跟偶说了他这个班上的班长，处理突发事件的小段子之后，偶说，有点意思，你说这小子将来会做官，这话说到了点子上，组织部门最要听，发现一个懂得维稳的人才苗苗。

瘪蛋说，孩子们不都就这么点事，你要听杀人，放火？

偶笑道，杀人放火，什么毁容，不会出在你们这种万众一心冲高考的学校，我要听的是平常生活中，带一点意味的。能跟文学有点接口，最好。

瘪蛋说，我也不管你什么接口不接口，我说我的，你爱听不听。这个孩子，也就是这个班长，后来出现了绯闻。说是跟班上一个顶漂亮的女生谈恋爱，是一个科任老师说的，后来我找了几个班干问了一下，都说没这回事。我也留心，没有什么迹象。

瘪蛋跟偶说这个，偶听了觉得不对劲，都什么时代了，多大的事儿。

偶说，你这么一个一个问，跟福尔摩斯似的，偶酸得要掉牙了。

瘪蛋正色，说，我是班主任，家长如果问到我，怎么交代。偶脑子在转，在想瘪蛋上高中的时候暗恋长脚鹭鸶，那是人家没理他的茬儿，若是理了，不就是早恋吗？还有，跟那个女生，捂得那么严，不也是没有什么迹象哈。这话偶也捂在心里，没有说出口。

瘪蛋说，后来我就把班上的女生全留下来，开了个小会，我问，你们当中，有几个看过言情小说，她们起先说没有，后来我说，看过的不奇怪，没看过的反倒奇怪。这一来，她们说，看过的。

偶笑道，你这是诱供。像你这样的角色，把女生留下来，问这些事情。

瘪蛋反问，难不成还要把男生也留下来一起问？

偶想想，也有点道道。

瘪蛋说，那个漂亮女生说，那些言情小说都是理想化，现实当中不可能有，不靠谱。她这么一说，我就放心了。现在的孩子对生活的认识比我们那么大的时候，要成熟，清醒。但我还是提了一下鲁迅的伤逝，衣食先要有着落，爱才有所附丽。

可能偶的话，在他心里也产生了效应。他模模糊糊地说，不要以为青春期的孩子都是很自信的，一点不想听大人的话。他想到自己跟孩子们的"隔"，他跟偶说过，老师比学生大十岁是最好的，这样，能谈心，能交流。现在他跟孩子隔了整整一代了。

偶跟他说过，不单是个年龄上的隔代，还有性格，一张沉重的脸，肌肉绷着，现在的人们当中少有，只有动物有，你看看狗的表情，还有猫，从来不笑，最有趣的是猎豹，挺严肃，天将降大任于斯豹，那表情是一等一，国标级的。

瘪蛋眼皮也不抬地说，现在很相信生态学，一棵植物，它把自己的种子随风吹散，或逝水漂流，或是被鸟儿吃了之后没有被消化掉，又屙出来，想方设法传播出去，至于这些种子能不能存活，存活多少，这不是它能主宰的，那要取决于整个的大生态环境。人也和植物一样，第一，要有种子，有种子和没种子是两回事，第二，要想法把种子散布出去，这就是我们应做的事，不存在第三项。

偶笑道，你给我的种子，就是大肠没有蠕动，小肠拒绝吸收，肯定又整巴巴的屙出来了。

瘪蛋似笑非笑，很萌地看了偶一眼，他手机响了，谈话暂到此。嗯，偶忘了问他，他说这个女生是他班上顶漂亮的，怎么个漂亮法。

谈局长原先及后来都没有这个意图，把瘪蛋送到通中。

每一个机关里都不外乎有三种人，一种是有后台有各种社会关系进来的人，一种是靠奉迎拍马小心伺候领导的人，一种是没有任何后台背景，自己就做自己应该去做的那份差使的人，这三种人，对于领导来说，都需要，各派各的用场。

瘪蛋属于第三种人，并且他的工作不是敷衍的，领导当然不是瞎子，知道哪些人能干事。无论哪个机关或是单位，都得靠第三种人把个事情运转起来，把个局面撑着。

谈局长刚来了不到半年，原来也是通中毕业的。比瘪蛋晚一届。他也想把瘪蛋用起来，做他的业务上的助手。他约了瘪蛋谈话，就在他的办公室。教研室在三楼，局长室在二楼，门开着，谈局长在看一本什么厚厚的书，可能是曾国藩之类，跟他招呼了一下，继续看书。

瘪蛋就坐在沙发上，等他开腔。等了有了一会儿了，瘪蛋看了一下墙上的钟，轻咳了一声。局长不作声，还是在看他的书。瘪蛋脾气上来了，直呼其名，原来在通中的时候都是相互叫名字的，谈歌，你找我来，有什么事呀？

局长本来的意思，也不是真的看书，而是试探一下，磨磨他的性子。看看这头倔驴能不能为他所用。瘪蛋直呼其名，这有点出格了，坏规矩了。局长一笑，这书跟鸦片似的，看了就不能丢，叫你久等。局长把书合上，跟他谈工作，教研室怎么在考试标准化上发挥作用云云。

瘪蛋这样把局长冲撞了一下之后，局长不可能一点不计较，但当一把手的，得有这个肚量，没有肚量也得装。再说，瘪蛋跟谈歌本来也就有校友的一层关系，上一届晚一届，叫名字也不能说就完

驼　囊

全的不靠谱。

但瘪蛋明显的是带着股子气，直呼其名的，情况又不一样。瘪蛋想，既然叫我来谈话也行，谈工作也行，看什么书！这不是明摆着在耍弄人。估计瘪蛋当时脸色也不大中看。这一来，谈局长原来想用瘪蛋当心腹的想法打消了，其他也没有什么，他做他的局长，你做你的教研员。

这样，又过了些时日，局机关打算放些人到下面学校去，充实基层。但这次谈局一再强调，以人为本，不愿意的，还留在机关。他一个一个找了谈话，几乎每个人都回答愿在机关，以接受局长的恩惠。只有瘪蛋倔头倔脑的说：去通中。谈局一愣，就同意了。

通中这边，一个萝卜一个坑，班子都配好了。倪院士请示局里，专门设了个教科室，瘪蛋当主任，由局里下文。

瘪蛋说，他早就想到通中来了，要搞教育实验。他已经在这方面有心积累了几年了。

那时，初调教研室，分管的副局长找他谈话，他就提出，大学毕业后，没有再教过中学，对现在中学的情况不熟悉，能不能给我一个学校，兼一个班的课？副局长摇摇头说，教研室就是搞搞研究，下去听课是需要的，正儿巴经兼课就不必了。

那时他已经有了要把教育拨一下，真正像个搞教育的样子的想法。

瘪蛋自己一直有到学校上课的冲动。过了些时候，他自己联系了一个初中校，在那儿教了一个班，从初二到初三，这样算是带了一轮。副局长可能知道，不可能不知，但也有几分晓得了瘪蛋的个性，爱才惜才，不去过问。倒是瘪蛋感到，这个非重点校的课还就不大好教，也晓得了那儿的物理教师的难处。这样，他自己去亲

历，完成了他的一个初中物理教改的课题。物理不是初二才开课吗，他在初一就安排初步的引一下，创设了一个有浓浓趣味的《实验与探讨》活动课，就针对很多乡镇初中学生的情形。推开的时候，反映还不错。

就是在到通中之前，他也在通中兼教一个班的物理，教了一轮。凡有他的课，他准时去。

到了通中之后，学生的基础比下面的乡镇好得多，对于瘪蛋弄的些什么互动式、产生式课堂，刚开始的时候有一些"夹生"，还能渐渐适应新老师的新教法。瘪蛋最担心的就是底下的这些乡镇中学，不晓得情况怎么样。他跟他们的想法是反的，底下的人认为，学生的基础弱，就要灌，他认为，基础弱就更不能灌，教师和学生更要互动。

局里组织了一次送课下乡，瘪蛋是大牌，当然在列。他也有点担心，他的互动式产生式这些东西，在底下运行的情况。能进行得下去吗？心中没有把握。

这一节公开课的课题是牛顿运动定律的应用。一个片上的教师都到了，有几十个坐在后面听课。

瘪蛋没有像在通中那样一开始就让学生看书，而是花一点时间进行知识回顾，想探一下学生的底。

在学生背书一样的回答了牛顿第一定律之后，瘪蛋请他用自己的语言说一下他对这个定律的理解，这个学生就有点木。又问了一个学生，也差不多。

这是已经讲过的知识，不是他这堂公开课的内容，他这一节课是授新课，但大多数学生囫囵一个枣，从刚才测试的情况来看。如果把这粒枣，再抠出来嚼一下，那得要半节课，新授内容肯定完成

不了，后面听课的这几十个教师可是等着听新授的。

瘪蛋觉得，既然发现了，那就要再消化一下，他就临时决定，半节课用来消化旧知，半节新授。这样从章法上不合，半边脸儿，有点不伦不类。没有人在公开授课时这么做的，他就这么做了，我行我素。

问到牛顿第二定律的内容，学生干脆只回答了个公式：F=ma。瘪蛋让他们解释这三个字母，分别表示什么，表达的意义相互之间有些什么联系。

这正是学生们学物理的通病，只记得数学公式，不理解物理意义。

也是瘪蛋要向后面听课的老师所要示范的，枣还有另一种吃法。从他们的表情上并不感到有什么不安，泥塑木雕，但他相信他们的心里是活动的。

他安排出一些时间，让学生自己看书，看书上怎么解答的。

"看了例题以后，你们觉得，拿到一道题目，要用牛顿定律求解，应当如何着手？"

学生卡住了，不知道如何回答。

"请大家再看看书，想一想，同桌之间可以相互讨论一下，再回答我。"

例题是求解一个在水平地面上被水平拉动的物体的速度、位移。讨论分析它竖直方向的受力情况：

"竖直方向受到几个力？"

"两个。"

"哪两个？"

"重力和支持力。"

"题目里面没有讲、交代，你凭什么知道它受到重力、支持力的？"

学生不能答，又卡住了。

扫视全教室，让目光上不回避他而又情绪活跃的学生回答。

"因为它在地球上，肯定受到向下的重力。因为它在水平地面上沿水平方向运动，没有向下掉落，因此，肯定还受到地面给的向上的支持力。"

"这两个力的大小之间有什么关系？"

"大小相等。"

"凭什么说？"

"如果不相等，物体就会在竖直方向发生运动。"

"这是根据牛顿的哪一条定律？"

"第三定律。"下面有学生小声插嘴。

"第二定律，"这位同学大着声音说："它竖直方向加速度是零，那就是说它竖起的方向合力为零。"

"很好！同学们一定要注意，物理的解题，许多条件，不是题目里面直接写出来的，而是要靠我们去读，领悟，判断，再转换出来，这也就是学好物理更容易使人变得聪明的原因。而且要注意，要准确理解物理定律，不要搞错。"

他又掠了一眼后面听课的，有的仍纹丝不动，有的做出欣欣然如聆听梵音好像茅塞一下子顿开的表情，并且努力让他看到。

那个任课教师倒是一直拿了个笔在本子上记的，一下了课，他就径直跑到一个学生的座位前，拿起一张纸在瞧。瘪蛋过来跟他交换意见，见他熊那个学生，不好好听讲，在瞎画些什么。瘪蛋把那张纸拿过来一看，上面画了个棒槌一样的东西竖直向上，写了几个字，受力情况，打了个惊叹号。瘪蛋看了，微微笑。那教师也脸色放松，笑了两声。

对于倪院士来说，当然是很高兴瘪蛋来通中的喽，原先也趁人传过话。赶紧腾出一间房子作教科室。瘪蛋在教科室的门楣上方，自书了一个匾额，在匾额上面大书两个字：求真。乍一看，有些蹊跷，有人猜他有情绪。

人是个矛盾体。当初谈局约瘪蛋谈话，瘪蛋也未必不想受到局长器重。兼济是中国知识分子的通行理想，范围大一些业绩大一些，不是更好嘛，倘若能上省里去上中央上联合国教科文去，瘪蛋也不见得就不乐意，但瘪蛋难以把腰哈下来，虽然他的脊柱已经朝右弯曲得不轻，倾斜角差不多有二三十度。

偶说的是瘪蛋"难以"，并不是他就绝对地不会把腰哈一哈。老祖宗除了讲气节，也讲能屈能伸，尺蠖之屈，以屈求伸，瘪蛋不可能不知这些东西，但那一刻，那一场合，瘪蛋选择的气节，或者说，倔驴脾气。

那么，不能兼济，是不是就会退到独善？结论是不会。扯到人为什么要活着这个很老套很无聊的话题，曾经，瘪蛋急促地用一种不容置疑的口吻，对偶说："人的活动，如果论价值的话，只能以社会为尺度。"

他既然这么说，偶也就无话可说。所以，偶说他不会独善。因为，他是个儒家的脑子，总是要想着要经世，要去致用。

也许谈局长以为瘪蛋要去通中是跟他有意犯顶，藐视他的权威，其实不是，或者说，基本不是。他是有过冷静考虑的。他想独立地做一点什么，至少是相对独立地做一点什么，在教研室则不可能。他要找一个教改的实验场，倪院士答应了，通中可以给他实验

场，只要他肯来。这个来，是把人事关系转过来，而不是人在教研室，两头跑来跑去。倪院士一边伸橄榄枝，一边也暗示他的地界。化学反应事实上在悄悄进行，谈局长的约谈，只不过是一帖催化剂。

前面说过，倪院士和瘪蛋师出同门，倪院士对瘪蛋很尊重的。倪院士说，教育实验，素质教育讲了好几年，并没有人踏实地去做。你现在去做，是老大哥对我这个小弟弟的支持，是提高通中的品位。

瘪蛋说，说反掉了，是你支持我，你现在当通中这个家，压力都在你这个当家的身上，全社会现在关心的都是升学率，上面对你有压力，家长对你有压力。倪院士说，上面压我，我可以顶住，最多不要我当这个校长。父老乡亲的抱怨我可有点承受不了。小县城就业路子窄呀。而且，升学率一旦掉下去，好学生都不来了，生源怎么办。瘪蛋说，这些问题，我都考虑过，你放心，我是不会不去注意升学率的，我会每天提醒自己三遍：升学率、升学率、升学率！说得倪院士笑了，你这是新说吾日三省吾身。

为了让倪院士放心，瘪蛋先做的工作，还是他在教研室做的考试标准化，这是为应试补台的，试题就是量具，现在乱七八糟的教参太多，也带来了题型的良莠不齐。也就是说，量具就有问题，需要建立合格的题库，这也是一项基础性的工作。即便倪院士不是这么语重心长，瘪蛋也会设法在这两者之间做一些调和。但他打出来的旗帜必须是鲜明的，他这么想，否则，他究竟想做什么，在做什么，就搅得混混沌沌了。现在，他自己也觉得受着一种鼓舞。有一种水到渠成的感觉在暗示。清晨，雾气流泻，太阳在雾气后面像一枚古银币。他在老校区的操场上散步，那远逝的学生生活又在心里

浮动。

倪院士给了他两个班，做他的实验田，教师的人选因为他不怎么熟络，倪院士跟他一起商量，敲定。为了留有余地，这两个班还是跟其他班一样，两年学完三年的课程，到了高三，就不再有新课了，仍然转入复习，也就是说"倒弦子"，以备高考。

没有开什么校部大会动员，这是应瘪蛋的要求。

但教育实验在通中还是很有点另类意味地展开了。摆脱应试教育把监控目光只盯在考试成绩上，用电脑网络建立了一个教学变量系统，关注的中心点不再是分数，而是学生的能力和主体性发展。瘪蛋说，不质疑、不探究、不敢标新立异的，不是真正的优等生。学生们都晓得，瘪蛋不会满足于被提问的学生回答出"是什么"，还要能说出"为什么"。他还要再追问一句："还有什么？"只有能够把"还有什么"说出一点子丑寅卯，才能获得他的表扬。

他这个班的各科教师都要"减负增效"，双休日不得上课。减作业量，砍教辅材料。这样，迫使教师改进教法，学生改进学法。并且，开设校本课程，"午夜杀手"开了个中国武术课，"小马哥"开了个奥斯卡经典电影系列讲座，肖申克的救赎，学生们自愿报名，感到新鲜。

午夜杀手是个教地理的老师，三十大几，精力过剩，深夜去林子里用猎枪打麻雀、白头翁，枪法很准。他用手电一照，白头翁在树枝上毫无反应，不知大难临头，然后他就瞄准，一扣扳机。学生就给他起了这个名字。

我们的羊二不知此人，知道了虽不能痛扁，也一定口诛之。

午夜杀手有时心肠很软，一个在外打工的农民为了孩子送给他二百块，他看到那个四十岁却老得像六十来岁的农民，怎么也不

肯收，对于当官的有钱的，他就不客气了，来个劫富济贫，济什么贫？那些交伙食费都磕巴的下岗工人的子女。

小马哥就姓马，二十三郎当又帅，名副其实的小马哥，欢蹦乱跳的一匹小马驹。小马哥教语文的，兼过一个班的班主任，有趣的是，在他是单纯的科任老师的这个班，他是个活跃的阳光男孩，跟学生很和气，没有距离，但到了他当班主任的这个班，像变了一个人，实行威权统治，神秘兮兮，在学生中安有眼线。

一日，眼线向他报告，两个男生在晚自修时间上网吧，他当即蹿入该网吧，突然出现在这两个男生身后，一人给狠踹了一脚。小马哥说，我是真心为他们好的，不图什么。芳儿也说，现在毕了业还记得老师的，反而是这些调皮桦。

芳儿是教英语的，学生对她怎么样，有没有情感，她是计较的。有一次在走廊上遇到一个她教过的女生，那个女生漠无表情，芳儿心里引起震动，她想，我对她没有什么不好呀，怎么刚刚升了高二，就不理高一的老师了？

芳儿也是个强性子，她觉得自己问心无愧，就在数学教研室外面等，那个女生进了数学教研室有什么事。不一会儿，那个女生出来了，芳儿就用英语柔柔地问，你一百米之内能不能看到人和物？她听懂了，歉意地单纯的一笑，芳儿满足了，在她肩上轻轻按了一下。

这就是好的老师，对学生的感情。

芳儿教高一年级两个班的英语，其中一个就是瘪蛋的实验班。英语教师吃香，家长请，送，不单是要求在学校里特别看顾，还单挑要上门来辅导。有的家长，把教育局的局长股长，甚至就是通中的校长，还有把不相干的组织部的，县委办的，一股脑地请了来宴席上作陪。看起来是抬举芳儿，其实是显示他们有强大的社会关系，芳儿那个难受呀，不像是吃饭，像在法庭上受审，也不敢搛菜。

通中的英语，总体上来说，不是强项。倪院士就跟瘪蛋商量，能不能请一下外教，花几个钱，瘪蛋说，是个点子，我们这儿的学生太闭塞了，也没有语言环境，口语尤其是差。这样，学校就请了两个澳大利亚的外教，一男一女，是夫妻。他们不怎么懂汉语，就由芳儿当翻译。

这两个人说，北京那儿出的价，比这边高，他们是来援助贫困地区的。

芳儿想，我们这一带，不能算是贫穷，比大西北那些地方好多了。

学校给的钱，他们说，太低，都不如澳大利亚的清洁工。

芳儿把这些话，都告诉瘪蛋听了。

瘪蛋说，钱是加不上去，本校的英语教师还不平衡呢，相当于他们工资的两倍多。既然是来援助，那就将就点儿。

倪院士晓得了这个情况，就在其他方面做些变通，比如说，公寓的一些开支，本来是完全要他们自己付的，现在学校里就付一部分。

两个外教卖力还是挺卖力的，但力使得不出效果，在学生这一头。语速太快，学生们跟不上，只能抄前不抄后地捉住几个单词，基本上不懂，前面听到箭这个单词，后面听到鱼，富有创造力的孩子们就推演出以箭射鱼。芳儿的感觉，整个地就像是一幕闹剧。

外教有时说些幽默的口语，学生们毫无反应，呆若木鸡。大胡子外教看着坐在后面听课的芳儿，耸一耸肩，表示遗憾。芳儿的脸

庞上，顿时腾起了一片红霞。她在替自个儿，也替通中羞惭。

有一次外教布置学生分成一个一个小组进行英语会话，他在行子里踱来踱去，一只手插在裤袋里，倾听，他听到了什么呢，不是英语，而是汉语，在用汉语会话。大胡子气得猛擂讲台，叫停。把芳儿叫到前面来，问这究竟是怎么回事儿。

芳儿忙向他解释，并不是学生有意捣乱，而是口语没怎么训练过。

外教在通中这儿待了半年，按照合同。后来他们接受了现实，也就这么混着。

芳儿陪他俩逛街，逛菜场，想买点儿什么，问芳儿，这么贵，可不可以还价？

芳儿说，可以的，菜场跟超市不同。芳儿想，这么精打细算。

他们在圣诞节前，说是芳儿帮了他们不少忙，要请芳儿吃饭。

芳儿想象着一顿丰盛的西餐，有火鸡，有腊肠，这么想着的当儿，唾液腺已经开始分泌。

到了他们住的公寓之后，芳儿见到炒了一大锅胡萝卜、洋椒、芹菜。女主人解释，这样的菜，营养最丰富，男主人想了个中国餐打比方，就像你们爱吃的，腊八粥！芳儿笑呀，眼泪都笑得溢出来了。

校方想通过请外教来触动一下，结果这个目的没有达到。反而本校的老师抱怨，打乱了他们的教学计划，他们还在外教没有撤出时，就已经见缝插针地给学生额外加料。

芳儿有一个班是实验班，瘪蛋经常在实验班转悠，谁占用学生自修的时间，他就找谁谈话，脸一沉，跟包黑子似的，不留情面。双休日放假，不上课，也是一条红线，不能踩的。一踩就踩了雷

驼 囊

区。这样，实验班的教师在学校里做不了什么，就在校外悄悄给想补的学生补，大家心里还是瞄住分数，担心分数，分数还是通行的硬道理。

小马哥跟云雀是同一个年级办公室的，都教语文，两个人岁数差不多大，云雀可能稍微大一点。这两个人不但没有戏，还有时抬杠。小马哥生气，云雀开心，跟别人谈到小马哥时，云雀说，他很可爱。

云雀捂不住话，想说什么就说什么，想做什么就做什么。她不做班主任，课上完就没她的事，从不给学生补课，不在乎几个小钱，显出与凡夫俗子不同的节操，考起试来她教的班，均分不比同轨低，瘪蛋就拿她来说事。

云雀也说瘪蛋的好，说瘪蛋思想挺开放的，敢于想，也敢于去做。美丽而又洒脱的云雀成为瘪氏实验的徽章，同时又是穿过瘪氏阴霾的一束轻盈的阳光。

在云雀的眼里，九〇后的学生尽显病相，她不喜欢那种头发翘翘的，姿势酷酷的，说话怪怪的男生，不喜欢涂黑色指甲油的女生，她喜欢的是敢说敢闯的，在课上回答她的提问时，声音洪亮的，合乎她脾性的男生，一个班只有两三个。

云雀现在对于看不习惯的，也会糊混，对学生哄哄骗骗，打打揉揉。她叹自己现在也病相了。对于把她的话当作风过耳的学生，她不去烦这个神，不理会，不过问。她又不是班主任。但是她终究还是捺不住，烦了一回神。

班上从外校转过来一个男生，这孩子不知怎么的，跟班主任搞得特别的僵，恶劣，像狼一样的号，有一次把教室的门撞开一个大洞。

　　班主任向校长汇报，校长大光其火，要处分。后来他爸妈出面找人打招呼，可能也使一点钱，他爸妈是做生意的。这男生就恨上了班主任，格外不听他的话，并且发狠要杀他。班主任吓坏了，也不敢再去找校长，先找他爸妈。

　　他爸妈忙不迭地安慰班主任，使钱，不要向校方去说，也不要上派出所。班主任还是不放心，睃到这男生跟云雀好像有点投缘，就请云雀去做工作。

　　云雀答应了，在那个男生放学回家的时候，骑自行车跟他一起走，边走边说些话，刚刚提到班主任跟他的些事，男生一握刹把，不向前骑了，然后把车向地上一摔，就朝前狂奔，把云雀吓坏了，跟在后面一边喊，干什么你干什么，一边追。

　　男生奔跑到自己家门口，擂门，门上的铁屑直往下掉。云雀见他是奔家，心定了些，也进了他家。

　　他爸妈都在家，云雀也性子上来了，说，我犯得着为你的事这么焦心吗？你杀了人，你去蹲大牢，你去偿命，关别人什么事！这么说，拔脚就走，在临出门的时候，斜了他一眼，看到他也在看她，眼里满贮泪水，她心一下子软下来了。

　　后来，她问明白了，原来是有个同学手机丢了，班主任也把他当着一个怀疑对象，他跟班主任吵了一架，以后班主任就老是跟他作对。

　　云雀问了班主任，班主任说没有的事，手机找到了，与他无关，他爸妈趁他不在家的时候，把云雀领到家里看，到处是他狂怒时砸坏摔坏的东西。

　　云雀直率地说，要不要到医院里看看。

　　他爸妈说，我们也想到，但又怕去医院看了更坏事。

云雀说，这倒也是。

他爸妈看他跟云雀有缘，还能听她的，她能稳住他儿子，就央求云雀常来走动。

要使钱，云雀很生气，说，把我看成什么人了。

云雀的老公从税务所辞了职，在外面做生意，生意做得不小。后来他老爸说，你姓云，我也姓云，不嫌我们家，就认个干亲吧。这样，男生就叫她云姐。云雀问他，那一天你为什么把车子朝地上摔？他有点腼腆，嗫嚅，说，他在你面前损害我的形象。跟云雀还真是有缘，这男孩渐渐地，不再狂躁了，后来考上了一所不错的高校，跟她联系不断感情很好，假期回来都要看望云姐。

云雀跟小虹姐也玩得好，小虹姐说，是不是暗恋上你了，这么漂亮，通中的大美人儿。

云雀哈哈一笑，暗恋你个头！正常感情呗，他说其他人都不关心他，就我。

小虹姐说，这就对了，就只有你。

云雀笑道，你能不能朝核心道德上去想。

小虹姐问，那他父母呢？

云雀说，爸爸在外面做生意，妈妈照料爸爸，忙钱。

小虹姐嗯了一声，留守少年，又一种，有钱人家的。我不信，其他人都不行，就你有灵丹妙药。

云雀不想说这方面的事，小虹姐也就扯到别的什么花边新闻上去了。

一日，瘪蛋在办公室里写教案，他桌上是从来不整理，乱七八糟。他认为教务主任要应付的许多事务性的事情，是没有实际价值的，有价值的东西都在他的电脑里和头脑里，那里整理得

非常整齐。

有人敲门。瘪蛋说，进来。他头低着，仍旧做他的事。

来人上前把他的笔一拨，瘪蛋一看，李琳儿，他宠爱的两三个年级尖子生之一，这几个尖子生有事可以随时到他办公室来，是他特许的直通车。

如果是别的人这样，瘪蛋可要严肃了，弄不好端出个包黑子的脸色来，龙头铡虎头铡狗头铡。现在跟李琳儿严肃不起来，是他纵容的。

有什么事，请讲。他搓一搓手。

李琳儿带一点撒娇的口吻。你说过，如果我认为我已经懂了的，就可以不听讲。

是的，我说过。

那么，我就按这个意思类推，如果我认为没有必要做的作业，那我就可以不做喽？

坏丫头，在设什么陷阱。瘪蛋有点警觉，想了一想，说，这个，得看具体情况。

比方说，历史作业。我是学理科的，我认为没有必要在这方面耗费。

我这么想，供你参考。瘪蛋吸拉了一下鼻子。知识面宽一点，只有好处，没有坏处。何况，你们下一学期就要文理分科了。瘪蛋心里也对教师没完没了地布置作业，不满，指出了，不听。

李琳儿跟瘪蛋咬耳朵。作业实在太多，我就抄了同桌的。

瘪蛋的革命精神忽然上来了，大声说，抄得对，抄得好！

第八章　座位门

　　你干嘛对位子这么伤心要紧，阿黄说我，是说的公交上的座位。

　　我是猴急点儿。看到公交过来，目测它的速度，最关键的是减速之后的速度，可能停在哪儿，然后像袋鼠一样跳跃到那儿等，十之八九能正对车门。

　　也不是我一个人猴急，当我正对住车门的当儿，有的落于我后的女人发出恨声。

　　有一回一个老太太忒厉害啊，我紧接她后面，她上车时嫌不宽松，给左边右边的人各一肘，再给后面的我，重重一个屁股墩子。我心头窜上一股子火，以牙还牙，推了她一把。后面竟然有人抓住我的衣领，勒住喉结——原来是老太太的女儿！两只母虎撕咬我，口水战，我块头大，眼如铜铃，有些惧我，不敢再诉诸武力。司机不问，车上的人都不问，随你们吵得沸反盈天。

　　最大的对手是些放学的中学娃娃，他们往往是一溜十个八个，

着一式校服，也很看重座位，车减速的时候他们像快脚鹿一样跟着车一溜小跑。还没有停稳，车门已在他们的包围之中了。

娃娃们应该是不怕站的，可能他们自小，也就是没有爸爸妈妈接送的时候起，很小的身体，背着个大书包，如果在车上站着，够不到上面的吊环，只有靠抓住椅把，来稳住身体。

如果我能有一个座位坐下来，路又很长，我就能安心地看窗外的风景了。

李琳儿是小虹姐班上的学生，小虹姐是班主任。小虹姐跟瘪蛋说过，李琳儿很自私，班上哪个同学比她成绩好，她就跟哪个套近乎，看看有什么招数可学的，学到手了，把人家超过了，就跟人家远了。小虹姐如斯说。

这做派有点怪，其他班的班主任都摇摇头，说是从没见识过这样的。小虹姐说这个话，说明心里头并不喜欢李琳儿，她在瘪蛋面前说过，瘪蛋没吱声。没吱声，就是认为不算什么，或是瘪蛋不去注意这些琐细，或是喜欢了一个孩子，别的人再讲什么，都听不进去。

为了防止学生老是偏在一个角度看黑板上的板书，班上每隔一两个月，就要调整一次座位，左边右边的坐到中间，中间的坐到旁边，整行整行地拎起来一放，也不乏其他原因的小调整。

李琳儿就粘住小虹姐，要把位子调到班上成绩顶好的一个男生前面后面或是干脆就同桌。小虹姐吃不住粘，就同意了，让她坐在这个男生的前面，成对角线。李琳儿头一偏，就可以跟后面这个男生讲话，讨论学习上的问题。

琳儿不但学习成绩超群，也是个会打扮的漂亮女生。这个男生上课分了心，注意她的鬓丝，秀气的耳垂。成绩就开始滑坡。小虹姐看到这个苗头，赶紧在下一轮调位子的时候，把他们分开。琳儿看到他成绩下滑，不如自己了，心满意足，飘然离去，见他就避。

这个男生跟中了邪似的，小虹姐不住地劝解，他要喝酒就陪他喝，他醉得吐了，喃喃说，我这一生，非她不娶。小虹姐只好顺着说，是的是的，非她不娶，她肯定非你不嫁，跟梁祝，跟罗密欧与朱丽叶一样，不过，你可不要自己把身体弄坏，成绩也不能再滑下去喽，不然的话，她更不理你了。男生说，我听虹姐的话，我不能自己先垮掉。小虹姐说，你这么想，就对头了。

这个男生纠结李琳儿，一直纠结到考上大学之后，男生考上的南大，李琳儿考上协和医科大本硕连读，琳儿决心要结束游戏了，回复这个男生的短信：无赖！不要脸！这个男生才如梦初醒，给自己起了个网名：雨过天晴。

既然想开了，晴朗了，还拧了一把云头雨，洒在小虹姐头上：

要不是虹姐调这个座位，我怎么会有这么一段。

这话在理，小虹姐检讨，是，是，怪我不好。

小虹姐自己呢，也陷入了一片拔不出来的泥淖。在她二十一岁的时候，遇上了一个大她八岁的男人。他在一个区的机关工作。他们认识了没有很久，他就坦承他有妻子有女儿。这一点小虹姐有心理准备，不过，他跟她倾诉的是，他已经跟另一个女孩有来往，那个女孩催着他，要么分手，要么跟老婆离婚，小虹姐感到有些别扭，甚至有些反感，干嘛跟她说这个呢，原来他有个情人，看着他苦闷的样子，也就不忍去生硬地打断他。

他就这样把她置于旁观者的角度，去看这一段故事怎么演变，后来的演变竟出现了岔道，这个男人对她也有了那个意思，而这个

意思竟是她很舒服的。那个男人很矛盾，缺乏决断力。这三个女人当中，那个女孩先退出的。退出的时候，跟小虹姐说，我就这么被他把青春都耗费了，你别以为你能改变他，谁也改变不了他。

这话一直影响着小虹姐，她不信任他，并且逼迫自己离开他，而就在她结婚之后的半个月，那个男人闪电般地跟自己的妻子解除了婚约，像是向她宣示，你不相信我呢，看一眼我究竟能不能做到，能不能做到。

小虹姐感觉到自己怎么又像回到泥淖之中，雨过天晴也是她的期盼，她沉住气前行。后来她怀孕了，生了个儿子，她既累也感到自己轻松多了，儿子的眼睛又大又明亮。

后来她从一个其他的渠道知道了，他与另一个女人结了婚，生了一个女儿，这个女儿比她的儿子早出生了三天。

通中的教师当中也传说着她的一些事。这些其实都是过去了的，已经有了一个时差，连影子都算不上，当然也不是回声。不知怎么地传出去，她想。而且，瘭蛋也听说，问了她一下，他是这么措辞的：

是不是失恋了？

她笑着摇了一下头，怎么还像是要甩开什么似的，听见自己清楚地说了三个字：过去时。

瘭蛋也不再问，又很严肃地说到工作上的话。这样的说话方式，才是小虹姐所适应的。她才想到，刚才问到她是不是失恋，怎么的也不像瘭蛋平时跟她说话的方式。但她也不会朝其他方面去想，这是一种人人都有的好奇，闪动了一下。她不喜欢跟瘭蛋说话，她怕见他。

不仅是她，实验班的青年教师都跟他们的带头大哥瘭蛋之间，

隔着一个沉默的长长的时间冰河。也有好奇者如小马哥、云雀，找一些老教师问瘪蛋的底细。打探之后，小马哥率先在办公室爆料：

瘪蛋原先是种子场的一个烧饭的炊事员！是从一个炊事员考上大学的。

几个小年轻都惊讶，无法把瘪蛋跟一个烧饭的炊事员联系起来。

云雀说，这有什么值得奇怪的，那时就时尚革命，革命就是革一切习惯的命，你越是不习惯的，它越是要去做。连高考的命，都给革了，中断了十年，那时的高中生，还有初中生，都给赶下乡了，户口也迁下去，当农民。这几届学生，就叫老三届。

小马哥说，没在眼呀，你还知这么多。

云雀表示不屑，那时你还没出世，在城隍庙里晒太阳呢。

小马哥说，你比我大了一岁半，摆什么老。要谈晒太阳，也少不了你。

云雀说，后来小平同志复出，做的第一件事就是恢复高考。刚才不是说了吗，高考停了十年，一下子那么多的人才，岂止是炊事员，干什么行当的都有，苏州无锡还有不少学生下放在这儿，都报名参加，要圆这个大学梦。我们的瘪蛋当然也参加了。

云雀也学着卖关子，说到这儿停下来，呷了口水。

芳儿有些急，快讲呀，瘪蛋考了多少分。

午夜杀手说，再不讲，我猎枪瞄准你，怕不怕？我猎过上百只白头翁，还没猎过云雀。

云雀说，你敢！

芳儿笑道，好了好了，别跑题。

云雀说，我说多了，小马哥要抗议，小马哥说吧。

小马哥说，你以为我就只知道个炊事员？否，我知道的比你细

多了。你晓得瘪蛋考了第一名？

云雀说，晓得。

小马哥说，那你晓得不晓得他物理考了多少分，化学考了多少分？

云雀说，不晓得，你晓得啵？

小马哥说，我当然晓得，物理考了一百，化学考了九十九。

小虹姐一吐舌头，好厉害，怪不得那次倪校长委托他找我诚勉谈话，他说他听过我的课，有些问题记下了，什么时候跟我交换意见，要我珍惜，争取留在通中。我还想，你一个教物理的，化学还轮不上你来说三道四。

芳儿说，那第一名应当上北大呀，怎么上师院的呢？

小马哥说，本来连师院也不录，因为他脊柱弯曲得厉害，有名头的大学看了 X 光片子，不要。录在一个师范中专。

听的几个人都发出惊叹。

小马哥说，他拒绝了这个中专，宁可去当他的炊事员，第二年又给了老三届一次机会，他又报考了，这一次考的全县第二名，第一名是一个苏州知青。这个人上一次考的第二，不晓得为什么事，也没有录取，这一次跟瘪蛋翻了个个儿。

瘪蛋这两次高考露了脸，通灵县从东到西，从南到北，都知道出了个人才，这个人才在哪儿呢，在种子场烧饭。但我顶佩服的还不是这个名次，而是，他二十岁的时候，就读了列宁的《哲学笔记》和马克思的《资本论》，这两本书很难啃，简直像天书。

午夜杀手说，我真的要对我们的瘪蛋肃然起敬了，你看他个头不高，背上有一块异物隆起，那走路的样子也是仄着，极不规则的，原来竟是大隐，一等一的高手。我想起功夫熊猫里的阿宝，你

驼囊

看它出场的时候，斗笠遮脸，斜披蓑衣，在雾气飘荡里走来，像不像我们的瘪蛋。云雀说，我们以后就叫他瘪宝。

瘪蛋小有名气，也就是在1977年，1978年。

没有上大学之前，在种子场的中学代课。代课之前在伙食房烧饭，是按炊工的岗位招上来的。

烧了没几天饭，校里的一个老教导主任跟他笑笑，说，让你烧饭是糟料（方言，糟蹋材料），学校里教师不够，伙食房也不忙，还有个董师傅，你就一半在伙房，一半帮我代代课，怎么样？

瘪蛋的情况他可能是听一个老教师说的，那个老教师是从通中下放到这儿来的，瘪蛋赶紧推辞，恐怕不行，在乡下的七年，我除了教社员识字，扫盲，还没有到学校代过一天课。他笑笑，说，你行的，就算是帮学校一个忙，帮我一个忙。

以后，瘪蛋就一半对一半，大清早从县城买菜回来，交给董师傅做，帮个手，其余时间就是备课，代课，除了英语，什么课都代过。

有一次可能是教育普查之类的活动，许多人来听课，安排瘪蛋讲这堂公开课。自此，名声就传播出去了，说是种子场有个烧饭的驼子，课讲得很好呀。

是当作一件稀罕事来传的。那时刚刚恢复正常的教学秩序。后来高考也恢复了，瘪蛋响当当考了个全县十年储备人才的第一，驼子不是一个普通的驼子，见龙在田，是一条驼龙。恰恰就因为这个"驼"，录取到一个中师，他没有去。第二年还有老三届的机会，他已经不想再考了，因为与考分无关，而"驼"是无法改变的，不是像灰指甲那样可以修剪打磨，或涂上什么指甲油，便筑巢娶了善子

生了鹌鹑蛋。那个老主任鼓动他继续考，说：

是不是就舍不得这二角钱报名费？我给你出。你又不需要复习，给人家指导也要介入的。

那时，好几个孩子，教师的子女，跟在瘪蛋后边"读研"。如果不是这位老主任的感情温他一下，激灵他一下，他的命运又是另外一条路了。后来调到通中工作，有个打杂的零工，个头也很小，吃力的活做起来总是很勉强，岁数上与瘪蛋相差不大，也中年向后了。每每看到他，瘪蛋就像看到自己的影子。差一点，他就是像他这样活在这个人世上。

怎么会还有恢复高考这档子事，年轻人措手不及，过去的一些书，教材早已是废物，回收到造纸厂打成了纸浆，漂白，再制作成纸张，不知历经几道轮回。还有很多没上过几年学，就过早地下乡的十几岁的犊子，也来挤这趟车。县里文教局的教研室突击编了一些讲义，以应考生之需，这些讲义，纸质很差，鸡屎黄，摸在手上糙。

若干年后，瘪蛋忽而发现，那么多的滥觞的教辅书，其源头就是1977年、1978那两年的应试讲义。但那时是必须的，它就替代稀缺的教材。后来变身教辅，子孙繁衍，那就是另外一码子事了。

对于瘪蛋来说，他所学过的课本，都收藏得好好的，这是他的习惯。高中课程他都学完了的，他是通中一个尖子班的学习班委，也就是说，是尖子当中的尖子。这样，他就自然而然成了通灵县城这一大帮子想考大学的人们的老祖母。去他家讨教解题的三十来岁男女知青、十七八岁的犊子，多如过江之鲫。那个种着许多花草的院落，成了沙龙，成了总参和司令部。瘪蛋一直耐烦着，孵出一窝窝小鸡，如果那时有一个感动通灵十大人物的评选，那他笃定有这

个人望和人气。

瘟蛋的二弟只上到初二,三弟和四弟是小学生的水准,都在瘟蛋这台大马力柴油机的吭哧吭哧拉动下,实行了穿越,传奇般的考上了大学。并且都有了个不错的饭碗。现在都是高知。

善子是初三上满了的,比二弟还要学历硬一些。善子是初中毕业,二弟打足了是初中肄业。而且善子记忆力奇好,背政治历史地理讲义,绝对的不成问题。但她不能考,上有老,七十多岁的外公,下有小,才过了周,还抱在怀里的鹌鹑蛋。她的命运,就这样被这个家庭拖累住。也就这样被简便决定了。

见到二哥三哥四哥都考上了,五弟连忙从乡下回到城里,但末班车已过,不再有机会,只能留在界河这边了,便跟着妈妈在居委会的米饼店里找点事做,拿点钱。五弟顶小,当然也是顶受宠的,不但是乡下的那个老寡妇宠,妈妈也宠,宠成个独立能力弱,妈妈要瘟蛋带着。

瘟蛋大学毕业之后,还回到通灵县城,先是在电大的物理师资班教了几年。那一批学员,是经过报考选拔进来的,素质很好,瘟蛋最初想搞教改,也是因他们而萌动的。他们都从下面的学校的教学岗位上来,几乎是一条声地说教育有问题,教育出了毛病,教育不像教育。所教的这一届电大学员毕业时,地区师专想要瘟蛋过去,是在师专工作的四弟联系的,约他过去试教。他准备了两个课时的讲授内容(热力学统计物理,学生最容易学得糊涂的课程之一,开始的两课时),结果讲了一半,课间休息,来听课的副校长兼科主任说,不要再讲了吧,我们肯定要,你的调动,我们做工作,你自己设法解决一下你爱人工作的调动。后来,听说他们派人来县教育局联系,开出的价码是,所有师专当年英语科的毕业生一

个不留全部回通灵，换瘪蛋一个人。这边的应对是，还没有到谈价码的时候，我们这边还没有研究放不放人呢。当时善子是在厂里，工作要调动很是麻烦，还有其他一些原因，终于没有去得成。

二弟三弟四弟都在外地工作，剩下的老弱病残，都是他的事，或者说，都是善子的事了。因为他有善子宠着，善子不要他做家务，在家里当甩手掌柜，不要他做一丁点儿吃重的事，全是善子大包大揽。五弟跟米饼店里的一个女孩好上了，这个女孩不识字也不懂规矩的，老五提出来要谈，妈妈没表态，没表态就是不同意，但妈妈自己得了绝症先走了，老五又提出，瘪蛋就同意了。就在老屋腾出一间来成亲，那时爸爸走了，公公走了，否则连婚房都紧不出来。

也是急不可待，蜜月还没完，那个肚子就凸了出来，奶子也无限膨大。两张嘴没有着落，还要再多一张嘴。他们就自己做米饼，也炸油条，这么糊着混着。

后来，瘪蛋买了一台电脑，价钱死贵死贵，那时善子是想的集资建房，教育局已经在拿方案，老屋冬天透风其余三季漏雨，但瘪蛋想到要买电脑，善子也就没二话，支持，他要想到天上去摘星星摘月亮，她也会开动脑子去架天梯。要的就是个爽，就是个高兴。这电脑买回来呀，瘪蛋鹌鹑蛋，还有善子，一家三口都在上面学，善子记性好，这五笔字形，很快就会了。瘪蛋就想法接一些活计，由善子在电脑上排版输出，换回一些钱。

瘪蛋就自然而然想到老五，跟善子合计，能不能教老五打字，也多条生路。善子同意了。这样，老五就经常过来，跟在善子后面学。老五老婆也有时过来睃一眼。这么着，过了些日子，善子听到

两口子在那边有响动，一声比一声高，听到摔碗掼盆，善子忙过去，他们见到善子，停住。

善子问什么事，支支吾吾，不肯说。善子觉得蹊跷，下次再吵，她就蹑手蹑脚悄没声息的凑到壁板那儿听。一听，与她有关，老五的老婆号啕，说，说得好听，学劳什子电脑，都学到床上去了，当我是聋子，是瞎子，是傻子！呜呜就多我一个，我不活了，让你们称心。

善子一下子气堵心口，她这个人极要面子，不想跟那婆娘吵，等瘪蛋回来，就给他气受。瘪蛋说，这个人你又不是不知道的，没程度，你就当成是耳边风，再说得不好听点，就当成是放的个屁。善子说，你说得倒轻巧，有这样没良心的吗？要不，我出去，让你们兄弟俩学。

瘪蛋想了想，说，这样吧，我叫老五赔你个不是。

善子不依不饶，说是妯娌之间处不来，不止这一件事，现在是完全没法子相处了，要他们搬出去住。

瘪蛋说，好好，也不是说搬就搬，急不起来。瘪蛋答应去跟老五说，搬出去住的事。

过了些日子，善子见没有动静，就问瘪蛋，怎么说的。

瘪蛋说，我跟老五说了的，他同意了，正在物色房子。就这么物色物色，两年过去了，还不见个颜光。善子说，好呀，你是在糊弄我。瘪蛋笑道，怎么敢，不信的话，你背地里可以问老五，我有没有说。老五老婆打从善子要撵他们走之后，也就不敢无事生非了。这一来，老五学电脑的事，也就无果而终。

鹌鹑蛋渐渐长大，最让瘪蛋忧虑的是，眼睛近视，进行性加

深，直至一千多度才止住。瘪蛋不近视，眼睛挺好的，眼仁儿黑白分清，善子也不近视，要找遗传因子，那就是善子的两个哥哥都是深度近视，那镜片厚得看不清眼珠。鹁鹁蛋的性格也怪，不规则，冷不丁地呼的一下这样，又呼的一下那样，初中的时候有一次考语文，他的笔没水了，写不出字来了，他也不向监考老师报告，就用笔尖在卷子上写出一行行无字天书，这叫老师怎么批改，怎么判分。

瘪蛋原来是刻意锻造，后来又改了主意，顺其天性，结果出了不少纰漏。他又不可能就真的撒手不管。鹁鹁蛋上了大学，瘪蛋想省心也没有省得了，临毕业的时候，鹁鹁蛋告诉他，有两门不及格，要补考。瘪蛋一惊，如果补考不过关，就拿不到毕业证书。拿不到毕业证，就业就成了问题，他个头小，又深度近视。瘪蛋想到了阿井，阿井在那个大学有点小权，这个系那个院都串得通，四通八达，说得上话。只有找阿井了。

阿井上高中的时候跟他同班，瘪蛋是尖子当中的尖子，很自然地就有一些人追随他，围绕他，其中就有阿井。瘪蛋是这个原子团当中的核，阿井差不多就是外层的一个电子。如果按照民间的说法就是跟屁虫。其实阿井的素质也很优秀，高中的时候被蒙住了似的，发不开来，到了大学才打开了认知。阿井走路有点外八字，被沙罐命名为南极的帝企鹅。

有的人念旧，阿井就是这么一个人。虽然瘪蛋现在混得不如他，帝企鹅还是慷慨地表示，尽可能地帮这个忙。

瘪蛋是个虚荣心重，什么都伤得起就是面子伤不起的一个人，此举实属无奈。后来补考了，两门都合格，算是过了关，拿了证，但没有拿到学士证。据鹁鹁蛋说，那卷子，如果按实的来，他只能

考到四五十分。

印证了老匹的话，人毕竟是人，不是狐狸，狐狸在暴风雪来临时，把已经长大的小狐狸撵出窝，而人不会。

拼爹时代，大学生毕了业，如果拼爹拼不过人家，只能在市场上找活法，这是没有法子的事，尽管这些孩子很多都是独生子女。瘪蛋也是一个没有什么路子的爹，帝企鹅帮了一个大忙，再下面的路，还得靠鹌鹑蛋自己去蹚了。

鲁老说，这世界本来没有路，走的人多了，就成了路。说得倒轻巧。对于刚刚从学校踏入社会求职的年轻人，搞不清方向，不知腿脚怎么使唤。

在这人头攒动的待业人群中，鹌鹑蛋优于其他孩子的，就是电脑技术优于人家。不是说过吗，电脑刚面市，价格就像高档衣料高档化妆品一样，瘪蛋就冲动地倾其所有买了一台，鹌鹑蛋玩电脑就比别的孩子要早一些。后来鹌鹑蛋上大学的时候，对纯数学没兴趣，对编程有兴趣，这方面动手能力比别人强。就有一家做游戏软件的公司录用了他。工资表上的工资不算多，但奖金多，老板为了避税。

这样，他就在城里租了房子，跟一个大三的女生同居。没有多久，老板找鹌鹑蛋，说他被解雇了，多给了他十天的工资。他什么也没问，什么也没说，去收拾他的东西，然后打了个车回家，这个家当然是他租的房子。开了门，看见外间的桌上一些衣服。进了卧室，看到女朋友在床上，蒙住被子。阳台的窗帘后面有人影。他走过去把窗帘一掀，一个裸男用内裤捂住下体在哆嗦，是她以前的男朋友。

鹌鹑蛋第一反应是小说或是电视剧里的决斗之类，想到水果

刀，只有一把，还有就是菜刀，核时代这种事情还得用冷兵器，这么想着，驱使情绪沸腾，他来到床边，大声地问：你干吗蒙着被子？是不是光着身子？

那个女朋友把被子一掀，坐了起来，是穿着睡衣。

鹌鹑蛋一愣，那个女朋友忽然歇斯底里发作起来：

你还让不让人活！就是在浴间洗了一下澡，洗澡！

鹌鹑蛋没感觉，也没心思去问这些，叫他们走。

他现在失业了，也自由了，口袋里还有点钱，就白天去体育馆下围棋，晚上上网下四国大战。围棋还好，四国大战下一盘，输一盘，孔夫子搬家。他的心情坏到透顶，感觉自己跟神雕侠侣里的杨过在华山顶上的心情一样。

人生这么失败，工作没了，女友也不像话，真的不想再活下去了。有这样的念头，无法驱散。后来，他就在下棋的网站上，跟一个网友说，四国大战怎么尽是输，一盘都没赢过，我可能不适应玩这个。那个人积分有三千多，是个中校级别，鹌鹑蛋很羡慕。

那人问，你输了多少盘？

鹌鹑蛋说，输了有十几盘。

那人说，我当年下四国大战，刚开始下，整整前一百盘，全输，一盘没赢。

鹌鹑蛋惊叹，啊，现在这么高分！后来你怎么就厉害起来的呢？

那人说，很简单啊，就是两点。一点是走棋的时候不要随手，第二点是输了一定要复盘。

鹌鹑蛋说，谢你啦！心想，这两点确实是简单，我都懂的，只是没有去做。那我就做了，试试看。当年杨过在华山顶上想死而终

究没有死，是他要守一个"信"。他答应洪七公，要等他三天三夜的。我没有答应要等谁，我就在这个四国大战上试一试，看我还有没有一点希望，有没有救。

试了之后的结果，也很简单，不但四国大战零的突破，而且他四面八方发出去的求职资料有了回音，是另一个城市一家有名气的软件公司，不出意外的话，就可以去上班了。

现在鹌鹑蛋心情好了，能够认同老鲁的话了，世上本无所谓路，走的人多了，也就成了路。即便是到了只见天际线的戈壁，也不要慌，也一定有路，不见人迹，但有驼粪，驼骨，这就是路标。有人这么说过，这话是不是就靠谱。一线生机，聊胜于无。当年阿瞒统率大军西征，将士口渴，阿瞒用鞭子遥指，前面就有一片梅林。

数年后，偶遇见鹌鹑蛋，好像有了一点名堂的样子。有房有车有一个个子高挑，脸蛋让人看上去有几分俊气的媳妇，有一个瘐氏血质比较强烈的儿子。她媳妇肯定地说，我个头高，儿子不可能像鹌鹑蛋那么矮了。

鹌鹑蛋找个高个头媳妇，可能也想改变遗传基因，一高一矮加起来除以二。偶跟鹌鹑蛋海聊，娘俩在旁边玩。鹌鹑蛋告诉偶，他现在是主程序员，下面有七八个弟兄，他一跳槽，都跟他走。他想独立自己干，已经有了点眉目，透出阳光。做软件，最关键的是3D技术。

偶说，你爸说你把红楼梦都看下来了，他看不下去。鹌鹑蛋说，是的。我觉得红楼现在称纯文学，当年出世的时候就是通俗小说，是给闲散无事的公子哥儿、小姐，还有落魄文人读的。

偶点了点头，中国小说胎里带的就是一个俗。

　　鹌鹑蛋说，我有过把红楼做成游戏软件的想法，所以从做软件的需要分析了一下，红的体系很复杂，头绪很多，而我们做游戏软件，是倾向于一条线下来的结构，这样可以精确控制用户体验。

　　偶说，红虽然头绪多，但完全可以找到逻辑的安排。鹌鹑蛋说，但从用户体验的角度，难。红是一个局部一个局部的，用户置身于每一个局部的时候，只能看到一角，一个身在其中的视点。可是曹雪芹设计的时候，是整体设计，有一个空中视点。

　　偶说，是。

　　鹌鹑蛋说，他从空中来观察，不断调整，他那儿一定有一个基本逻辑结构的图。

　　偶说，有的。

　　鹌鹑蛋说，然后写的时候，只是把自己放到图中的某一个点，看看能够观察到什么东西。

　　他不像有的小说家，动笔的时候，并没有想好全部的结构。以后在写的过程中再说。我做迷宫就是这样，喜欢这样。

　　红的写作不是这样，我的感觉是，它不给自己留有任何余地。偶说，红的写作，是一个批阅十载，增删五次的过程。如果能看到它的初稿，那面貌会是什么样呢。反复的改来删去，除了语言之外，那就是各个部位的呼应，通篇的整合，趋于更加逻辑化了。用你的话说，就是不留余地。但老天作成了它残缺，只有半部，八十回后面，那可是留下了一段很大的空白，很大的余地呀。也可以说，是千古之谜。

　　偶们说着话的时候，小鹌鹑蛋不停地忙活，豆一样地在地上滚动，一会儿把洗脚盆倒扣在地上，一会儿把洗手液举起，放到偶面前来。

第九章　空空道人

　　一说到空空道人，你就说可怜、可怜。我有些不解，可怜什么呢，他是教育局长，你是职员，我看他还是蛮开心的，蛮想得开的，倒是你有些拘泥。他的话都是彻底的，能放开的，你倒是有些遮掩，把难受咽到内心里去，说些违心的话。

　　我不是指公开的场面上的话，我是指朋友之间的私话。我有这样的直觉。也许我的直觉是错的。要厘清错与非错，并没有意义。

　　空空道人一度跟我无话不谈，他跟别人是不是也这样，我不知。

　　八十年代初，他从一个工人的身份被提到县委办公室副主任的岗位，这在一个县里是非凡之举，那时论资排辈的保守气氛很浓。但什么事情都有例外，缘于一个县委核心人物的赏识。年纪轻轻，被列为二梯队。主任老了，岁数不小了，过几年主任下了就是他上。

　　那个时候，他就跟我说，历史上得到的，还将在历史上失去，

这话很有境地，在我们县的那一方官场上，能有这样见识的，唯空空道人而已。他解析红楼梦里何谓空空，既是空，那么著一个空字，也是多余，所以空字上面还得加个空。当时我是提了下神，空空？没有人这么解的。

空空道人在红楼梦里是个很滑稽的角色。他去访道求仙，显见自身非仙。跟石兄的一番对话，说了大贤大忠之类的俗不可耐的话。后来受石兄开悟，决计把石头上的大段文字抄下来，传回尘世，题名情僧录，也就是说，空空道人又加了个名字叫情僧。

史上有没有一身二任，又是道教又是释教的？名头大的人当中好像没有。所以，空空道人罕见其匹。我这么拿空空道人来比画他，倒也真的有一点像。说是有一点像，就是亦僧亦道，也可以说非僧非道。他自己也这么说，他信哲学，但他并不是某一门类哲学的信徒。他自己说，他的一颗心在虚空中，不着任何的色彩。也就是说，你用任何一种路数来套他，都套不准。他上身穿中山装，从来不穿西装，中山装四个口袋，板板正正，带点古色古香。稍有点官相，就体现在上身，下身的裤子则有几分飘逸，透出些仙风道骨。

空空道人块头不大，小个子，衣裳穿得少的季节像个纸人儿。他现在成了第二梯队，欲速不达，就用"韬光养晦"的哲学，低调，副主任的职别在干秘书的事，一声不吭埋头干活的老黄牛。谁知官场上风云突变，换了个新主子，新主子重新洗牌，空空道人的第二梯队的梯子那一头也就搭空了，所想的果子给别的人摘了去。空空道人也伤不起呀，他想，不用再韬光养晦了，需要用毛主席的哲学，与人奋斗，其乐无穷，斗也要讲求策略有理有利有节。以前他没日没夜干，现在他准点上班，准点下班。这没什么错吧。

　　以前他副主任的职别干秘书的事，现在他副主任的职别干副主任的事，秘书的事当然应当秘书去干。这没什么错吧。没多久，新主子当然觉察出来了，在外面放风，要把他放到一个乡里当党委书记。

　　空空道人听到这样的风，一笑，我下乡当知青扛过锄头，现在是下去当一个乡的党委书记，还行。这话传到新主子耳朵里，新主子想，不怕恐吓呀，也不能惩罚无边。于是派了个副手找他谈话，对他的工作予以嘉勉，书记很满意，舍不得外放，但办公室从来是铁打的营盘流水的兵，现党校差一个党委书记，问他愿意不愿意去，如果不愿去的话，就还在办公室。

　　空空道人本来是想攀着一架梯子朝高处去的，怎么可能愿意去党校呢？他对我说，一个星期不给他们答复，他们就晓得他不想去党校了。因为这是正式的谈话，不是放风，空空道人也做好了去党校的思想准备。最终结果就像魔术师把布一掀，端出来的却是教育局长兼党委书记这道大餐。

　　这是上面的手腕。看上去是大餐，这是视觉效果，吃起来却是另外一番滋味。因为教育局的一拨子人，从副局长到股长，都是不好驾驭的。何况他们晓得内情，晓得空空道人的二梯队是被撤掉梯子，慰安到下面来的。所以，就欺负他，架空他。空空道人现在两个空还不够，还得再加一个空，空空空道人。这滋味不好受啊，纠结，上面也晓得，上面就是要的这个效果。也算是对他软抵抗的一个小小惩治。

　　当然，上面气消了，还是帮了他一把，把一个动辄向他发难的副局长放到下面去。但空空道人还是不爽，班子里没有他的人。一直有在泥淖中前行的感觉。这是旁人的感觉。空空道人不然，他自

我感觉蛮好，谁说他不懂教育，拿这个说事？

空空道人说，只要在哲学上打通了就行，哲学是纲，其余都是目，你通了哲学，就能通金融，通军事，通法律，通教育。尤其是在本县县中的高考成绩，从本地区的末座，一下子提升到老二，空空道人神气了，随便让他干工业干金融干啥都成。

他一到教育局，就瞄准了县中是社会关注的窗口，提出"一年起步，二年爬坡，三年争上游"，现在不是恰好第三年？上游争到了嘛。下面的一些促狭鬼，说不是空空道人的本事，是他的运气好，风车一轮一轮地转，正好碰上了这一届学生，是初中升高中的时候，硬不让农村的一些尖子生考中专，这样抠了一把抠下来的。是不是这么回事，留待史家去考。

现在的空空道人差不多快退休了，退休了也就应验他的权力也就是一个过程，他含糊地说，钱重要，钱是个真理，听我说写一部长篇经济上很亏，他不信。他扳起指头，权且弱智一样的一五一十地在算，这种求实精神要得。稿费还要扣税，纠结。我说，这是粗线条的，实际所得比这个数还要小两壳。如果拿这个数作分子，除以酝酿时长和写作的劳动耗费，月收入绝对的低于农民工。

小马哥抑制不住好奇，问瘪蛋读《资本论》的事。瘪蛋说，从《资本论》所学的东西，当知青的时候用于管理梨树田，给生产队赚了钱，相当于全队全年收入的四分之一，而劳动力成本就他一个人，这是他一生引以为豪的。小马哥听了很失望。这么一部旷世巨著，它的应用，竟是管理一个几亩地的梨园，那真是大炮轰麻雀。

小马哥并不知道，瘪蛋在说一生引以为豪的时候，心底藏着的也许是一生最大的遗憾。

　　几千万由红卫兵变身为上山下乡知青的人们，渐渐老去，快要成为化石，而在他们年轻的时候，也就是跟小马哥差不多大，甚或更小的时候，他们是以能做一个懂马列并且信仰它的革命者而自豪的。这成为一种社会图腾。

　　青年当中，自然有纯粹分子和不纯粹分子。纯粹分子当中，又分为激进的和温和的，瘪蛋属于温和的。纯粹分子为了标榜革命，甚至不惜把利器刺向自己的当过资本家，当过地主，当过旧军队军官的父亲，不吝把传说中缢死鬼戴的尖尖高帽，套到自己所敬重的教师的头上。

　　偶曾经跟瘪蛋脱口而出，你这种性格，如果在二战时的德国，你可能会成为青年法西斯。他默默不语。偶这么说，并不是偶就置身于外。

　　说他是温和的，是因为记忆里还没有他的特别劣行。

　　但同时也不见他有过什么与潮流相悖的言行。

　　在偶记忆里，像礁石一样，在激流之中兀立的，有胡同学。胡在一篇人人都得交给班主任看的周记里，这么写：我父亲虽然是小业主，但从来没有对我有过什么不好的教育。被班主任一顿批。还有，梅同学，在揪斗教师开始发飙的时候，不知是谁振臂一呼，去抄右派分子马某的家！众人皆踊跃响应，梅同学犹疑，小声对偶说，马某没说过什么黑话呀，他对学生很好。

　　偶劝他，大家去，你也去就是了，不要落下个立场问题。

　　他听偶这么一说，也就跟着大伙去了。胡同学梅同学都是不纯粹分子，不纯粹分子比起纯粹分子要多点人味儿。

　　偶们那时，就像戈尔丁描写的那群孩子，被激发出人性当中的原恶，诱惑偶们的蝇王，就是那个套着战无不胜光环的大革命。

就在这个革命之前，偶们所能见到的最大官员就是八股校长，他年复一年给偶们作一次冗长的报告，一国际二国内三全县四本校。革命开始之后，偶们第一次见到了通灵县最大的官员，县委书记，肤色有一点白，头发有点稀，个头不高，略有一点发福，到通中宣布撤销工作组。后来偶们去上海北京，东南西北中，五湖四海大串连，到处是红袖章和飘扬的旗帜，唱着语录歌，呼着造反有理口号的人群，看到市委书记地委书记省委书记，部长直至国家主席，被拉下马来，挂牌示众，再看一个县委书记，就觉得实在是小来兮。

偶们的眼界越来越高，气场越来越大，粪土当年万户侯，至今还落下这个目空一切的毛病。再后来，偶们才晓得自己的饭碗都没有着落，还得去扛锄头，接受再教育，哼着自编的小曲，跟着太阳出，伴着月亮归，沉重地修地球。瘪蛋不唱这样的小资情调，他的收工歌是日落西山那个什么的飞，这是心情不错，身上的力气还没有用完的时候，如果很累了，也就什么都不唱了，唱不动。

大多数的人都去魅还俗了，瘪蛋还在想，到底是怎么回事，他不轻言放弃，这是他的长处。原来他也不是全部苟同的，红卫兵大串联回校之后，别的人都在拉山头，扩充人马，这个兵团，那个司令部，只有他，一个人成立了一个光杆司令战斗队。那些在前台的造反派头头，轮不上他。

后来他是竭力主张大联合，不赞同无休止地乱下去。到了上山下乡，他是首批下去的。上河工这些重体力活、男人关，他都是去的。也就在这个时候，他有幸触摸到资本论。

那时倡导读原著，开出六本书，马克思的《法兰西内战》《哥达纲领批判》，恩格斯《反杜林论》，列宁的《国家与革命》《唯物

主义与经验批判主义》，马恩的《共产党宣言》。比起单纯地读毛选，读老三篇，是显得开阔多了。这几本书，除了《反杜林论》涉及一些经济外，其余的都不涉经济，《资本论》三卷本就这样沉寂而少有人问津。瘪蛋有个姨父，老党员，他在他家里书架上看到这三卷本，很高兴。

姨父说，我不看，你要看你就拿去吧。那时他已经看了共产党宣言，看了帝企鹅不知从哪儿弄来的《联共布党史》，尤金《哲学辞典》，下乡之后想追其所以然，正好让他碰着了资本论。这种快活的心情可想而知了。

那时知青屋的其他人，差不多的都到轧花厂或是其他地方去做活，这样瘪蛋就能在梨树田收工之后，把系在高处的四十支光的灯泡放低一点，安静地看这本书。并且，按照他的习惯，每天都做梳理性的笔记。

大胡子花了十五年的时间写这本书，有条有理的缜密分析，让他心折。让他从最基本的原则上去懂得社会，资本构成理论，商品交换理论，剩余价值理论。他一下子感到了反差，尤其是中国农村的原始劳动太落后，感到现状有点像陷入空想社会主义，斯大林把资本运作这一段丢掉，是错误的。

这个悟，也可以说是在他人生当中的分界线。在这之前他完全是趋名的，一门腔，现在他晓得了大千世界还有个利。

真正的要趋利，他还有一段路要走，除非他对于名这一头完完全全地死了心，书中自有成了书中没有。趋利也许是他最终的归宿，偶这么度他之腹，搞到后来，不是思想叛乱，而是日用百货五味杂陈都出来造反。

此时此刻，在晓得利先生在这个世界上也很受人类爱戴之后，

他还是孜孜以趋名。把大量的时间奢费，想一些放大了若干倍的大社会大国家的事情。古时候人就有先天下之忧而忧，国家兴亡匹夫有责，风雨如磐暗故园，这些都和其他人没有什么区别。

他也就是触摸《资本论》，比同时代人，比知青屋的伙伴们先行一步。

这一步非常重要，从后来的社会转型来看。

这也是他懊悔考大学的时候，怎么没有选择经济类的专业。

这是一个方向性的错误，应验了从某部小说里被摘出来，一直在流传不衰的话：人生的道路是漫长的，但在关键时刻常常只有几步而已，特别是在人年轻的时候。

不仅是选错了职业，还有娶错了老婆嫁错了丈夫交错了朋友，死囚一时冲动杀了人的，都跟这句貌似格言的话产生共鸣。

最悲哀莫过于死囚，因为只有死囚没机会了。

有时他会想入非非，整夜睡不着，在他一个人出差，善子不在他身边的时候，他现在已经习惯了睡觉时善子在身边，不在的话就会失眠。这时失眠比睡眠好，睡眠反而成了一种折磨。他会想一些被鹌鹑蛋嘲讽为不着边际妄想症的事情，譬如说，宇宙。以前他信奉过一个大科学家的话，宇宙可以用一组方程式来表示。现在他忽而悟到，这话错了，不是小错，是大错！宇宙是不确定的，正因为它的不确定，一切数理的、逻辑的，在显现未来时，反而是无能为力，朝一个方向看宇宙在缩小，朝另一个方向看，宇宙在膨胀。

倒是人文的，想象的，能接近于它的本质，显现出无限创造力和勃勃生机。

所以，他不赞成现在这样的僵死教育，认为它堵塞了生机。

他兴奋地说这些的时候，鹌鹑蛋就浇几滴凉水，你是上帝？你

是霍金？

这些话，他有时会跟偶说，比较多的是跟鹌鹑蛋说，他相信青年，但善子在旁边听了嫌烦：超大嗓门，活像在演讲，下面有多少人在听呢，不就一个人在听。

瘪蛋便把嗓门压低了一点。

鹌鹑蛋感到败兴，心头无名火起，一脚把个垃圾桶踢翻了，里面香蕉皮，烂菜叶，给小孩擤鼻涕用过的抽纸，撒了一地。

善子也火了，你这什么态度！

都隔了些年了，瘪蛋还听到善子叽咕这件事儿。他不搭腔，在反诣大胡子的话，哲学家都是在用不同的方式在解释世界，问题在于改变世界。

世界终究被改变了。

大胡子很了不起的。

绿梅是一个诚实的女孩子，她说，她考高中的那当儿差几分，交了不少钱才上到重点，所以，她特别能知学生的心，能贴学生的心。她的心愿是把学生尽她的可能，多送一些上高校。关于她自己，从某些角度来说，好像显得比较认真，比较要强，其实她知道自己基础差能力不强所以有时告诉自己要笨鸟先飞。耐心不够是她比较严重的毛病，当然自从有了宝宝后，她的心态已经平和了许多，没那么急躁了。

宝宝满周岁之前，她坚持天天为他拍照，尽量天天写博客，记些琐事，是她目前唯一显得有耐心的事。她喜欢听远方城市的一些音乐电台，在音乐声中回忆一些过去片断，尤其是她待过的那个学校。

　　那是一个黄昏，雨雪初霁，学生都到外面活动，她也从教研组出来，空气冷冽清新，林荫道上树木的叶片上还在时不时地往下面啪嗒掉雪。她也就时不时地要看一眼上面，有几个女生提醒，前面有积水，她差一点就踩上，说了声谢谢，就这一声谢，竟让那几个女生害羞，嘻嘻哈哈你推我搡奔向前面去了。她跟她们关系很好的，她不在，她们会想她，绿梅姐怎么不在？回她的老家噢。

　　她要到通中，也有一份虚荣心作祟，那个学校是非重点，通中是重点，国家星级名牌。

　　当她这么做了，回望时又想念那些孩子们。

　　这些孩子也就是学习基础差一点，顽皮一点，但是很单纯可爱，还很讲义气，也并不是什么事都不讲理。她自信她是有办法管理他们的。

　　有一次上课铃响了，她进了教室，只有四五个学生，她拧起眉头问一个班干，人都上哪儿去了？

　　那个班干朝操场上一指，原来上一节课是体育课，有几个男生抱着足球，浑身冒汗，朝教室这儿奔跑。绿梅拦在教室门口，不让进。这样，被拦在外面就有三十多个学生，大多数是男生，也有女生。

　　绿梅气势汹汹，你们不想上数学课了，是不是？

　　男生女生一条声地说，想。

　　绿梅说，那好，每人都敲一下，长记性。绿梅就拿手上的大三角尺，在一人屁股上拍打一下。

　　女生拍得轻一点，调皮桦就拍得重一点。看着那几个五大三粗的男生，绿梅心里也有点怵，还是吸了口气，一个不饶，都给拍了一记，才允许进课堂。

　　现在绿梅回想起他们乖乖受罚的样子，忍不住笑出声来，倘若他们抗拒，她还真的没法子。多天真可爱！

　　她从来没有真的生他们的气，非如此不能把教学秩序维持下去。到了通中，这种情况好多了，几乎不发生这样的群体性事件。她现在的心思，也就放在督促学习上。班上有个男生没有按时做作业，绿梅让他到她办公室去补做。约好的时间，见他没来，绿梅就去找他，恰好见瘪蛋跟那个学生一边走，一边说话。瘪蛋就叫那个学生回教室，端出那个包黑子脸，对绿梅说，你现在转换了环境了，要适应新的环境，请你不要把以前学校的那一套，带到这里来。

　　绿梅嗯了一声，说，我以后会注意的。这个学生不知道绿梅在哪个办公室，东瞅瞅西望望，可能是正好遇上了瘪蛋。

　　对于瘪蛋的批评，她心里并不服，你了解情况吗？你晓得这个学生好几次都是迟交作业吗？不了解，就这么武断地表态。而且，说到不要把以前学校的一套怎么怎么，这话有点刺痛绿梅。

　　绿梅决定以后坚决不理他了，以前路上遇到，都是很客气地招呼。他是教科室主任，管两个实验班，绿梅又不在他的实验班任课。但心里还是有几分怯意，又是新来的，以后尽量避他，少啰唆少烦。

　　绿梅到了新的环境之后，很注意检点自己，很注意学习。她晓得学习和教育都是费功夫的事，所以自觉时会认真工作感慨时光之短暂，但坚持几天又会睁只眼闭只眼对自己的措施不那么认真。她感觉自己的工作态度，自己的人生就这么不停地反复着。人总会在成长，虽然相比以前自己懂得了内敛，不再那么轻狂，张扬，她现在说话处事也不再那么语气激烈。似乎老成了些。她教两个班

的数学，其中一个班兼班主任。做班主任的这个班，她就要多管很多事。早读的时候她看到几个男生在兴奋地传着一本英文电子辞典，她就把电子词典收走了。下午，辞典的主人，一个男生，就盯住她要。

绿梅说，电子词典是便捷了，但单词记不住，不如自己去翻那个小辞典印象深。那个男生说不过她，硬要她还，说，学校里有没有条例不许用电子词典？绿梅反问，那学校里有没有条例允许用？

这其实是一种诡辩，那男生一下子被问住了。

绿梅笑道，放心，放在我这儿少不掉的，期中考试过了后我就还你。这当儿不能给你。她晓得，这个学校跟原来那个学校不一样，老师之间竞争，学生的分数体现老师的教学水平，分数高就说明老师的水平高，水平高就能立足。通中到了它认为需要的时候，就对任课教师诚勉谈话，这是预热，给予你思想准备，要珍惜在通中的机会呀，这话只要是人都懂，有的刚工作的女教师都吓哭了，说不出话来只有抽抽噎噎哭。这工作小倪校长委派瘪蛋去做，原有的教导主任调走，瘪蛋顶了这个窝子。

绿梅幸运的是没有被召见诚勉过。从那次因为找学生补作业，被瘪蛋训了之后，她就刻意避他。而他，步履匆匆，用语简洁，伏案劳顿，似乎生命的每一分每一秒都不容浪费，这也使绿梅的规避成了一种顺其自然的节律。那天绿梅穿着一件 T 恤外套一件大衬衫没扣扣子自我感觉很洒脱的样子，上课前遇到瘪蛋，绿梅打了招呼刚要走，他叫住绿梅，说：

"教师要注意仪表，把扣子扣起来，别吊儿郎当的。"

话虽然不入耳，尤其那句"别吊儿郎当的"，但语气已经婉转多了。绿梅想说，是现在流行的混搭，转念一想，跟他说有什么

112

用。而且，注意年轻女人的服饰，如果是放在其他男人身上一点不奇怪，而在他身上就有点怪，不协调，绿梅见到他从来都是一脸的严肃，像个牧师。她忽而想起一个人，那就是雨果笔下的巴黎圣母院里的那个主教弗雷洛，他喜欢美丽的吉卜赛女郎爱丝美尔达，却装作像是看到了一个女巫。那么，瘪蛋是弗雷洛，她就是爱丝美尔达？她对自己说，真不害臊，你能跟爱丝美尔达比吗？不仅是美丽不如，还有心灵。你心里那些急功近利，那些虚荣太多了。

　　由老校区转到新校区的头一年，绿梅在班级管理上投入了很多精力，但仍然有一些学生因她对个别调皮学生管理不到位而不满，所以那一年虽然她教的这个班数学均分一直是同轨第一但没能继续教高三，虽然她不做班主任后每位学生见到她都很热情老谈她的好，但这一直是她的痛。直至瘪蛋上二线的那一年，适逢绿梅带的班级各方面都不错，所以相对也有自信一些。瘪蛋把她喊过去，说，这学期安排你上高复班的课，其实是增加了你的工作量，要多备一份课。

　　绿梅心里窃喜，因为学校选去上高复班的老师就是说明这个教者的能力被肯定了，所以也一直是她的梦想。她当时任教的班级各方面都很优秀刚被评为文明班级，只要被肯定，就是再苦，她都不介意。当时还不知道怀了宝宝，所以赶紧表态说没问题。瘪蛋说，你也知道，教高复班是学校考察你是否有能力教高三的一次机会。你的班级成绩不错，可不做班主任的那个班的成绩就没你的班好，我觉得这不是真正有本事的老师。你记住，你的班只有你的科目好，或者比你的另一个班成绩好，这都不能说明你能力强。你要好好思考一下。

　　绿梅到底是个女生，是个大孩子，她对于瘪蛋的感觉一下子

改变了，不但不是那个弗雷洛，而是心灵巨美的卡西莫多。卡西莫多把爱丝美尔达从绞刑架上抢救下来，抱着她冲进圣母院，他快活得敲起那座大钟，这都是为了你的，为了你的！钟声响彻了整个巴黎。

第十章 志愿者

我小时候经常赖学，赖学了之后做什么呢，去玩呗。在大街小巷里瞎转悠，庙里也去，关圣庙，城隍庙，三昧寺，泰山寺，有的庙那时也就剩了个地名，场地做了堆粮食的仓库。没见着什么和尚。庙没有了，和尚当然也就没有了。

这个县城不算小，单是一条主街道就有七华里。也有河流弯弯绕绕的从城里穿过，河道也不纤细狭窄。至少有两条主河道，城郊可见一条宽阔大河，那是小有名气的串场河。城内城郊东西南北，我没有地方不到的，除非不让进，印象中就是没有个居士林。但县志上写了的，清代嘉庆年间兴建，居士们的活动场所。

由于县志上写了有这么一回事，属于"恢复"，向上面打报告就容易批下来。我回到老家的时候，已经看到了居士林。

相距居士林不过五十多米有个基督教堂，也属于"恢复"。基督教在我们这儿也有信徒。我年轻的时候愚昧，曾经和一帮子红卫

兵砸过基督教堂。

你是无神论者，我跟你聊过佛教的劫，因为居士林的林长不止一次的跟我谈到劫，谈到我们的地球经历过几次重生，然后又成长，然后又生出种种灾难，然后又归于灭无。眼下人们这么贪欲，这么糟害自己生存的环境，正应了劫的预言。看着这个世界朝毁灭的方向去。

你质疑，既然以前的若干百万年亿万年曾经有过繁华时期，那么，考古挖掘怎么没有证据支持这种理论呢？我无从回答，林长恐怕也不能。

居士林的林长是我们的学弟，也就是说，我们在县中上高二的时候，他上初二。居士林的场地是政府给的，那上面的土建就全由林长和居士们自己想办法了。

我们这位林长学弟是不擅此道的，我很奇怪，像他这样一个讷于言语不会斡旋的角儿，怎么能够募到成百上千万人民币的？佛殿、念佛堂、办公处、宿舍楼就是他的成就。

居士都一个一个来捐了钱，也有捐项链戒指的。这些个人捐的款毕竟有限，凑起来的钱源源不绝的给施工方，就因为钱，施工时不时地停下来，等钱。

我问林长，你怎么敢把这么大的一件事担当起来的？

他说，只要你所做的是对的，冥冥之中，佛就会助你。

我问，佛怎么助呢？

他说，有时没见有什么人来，功德柜开启，却有不少的钱。

还有一次，在办公桌上出现一个包，里面有二十万现金。后来知道，是一个做生意的悄悄放在这儿的。

副林长是个女的，眉目清秀，岁数也不大，说了林长的一件

事。有一次林长到江阴的一个老板那儿去募捐。长途车快到终点时，一个乘客起身，忽然汹涌呕吐，张口一喷，喷在他脸上身上。其他的乘客都抱不平，要那个人料理。

林长也想不到，但自己平息了一下心绪，和和气气放那个人走了。衬衫胸前那一片都是污渍，又没有带衬衫换，只好把衬衫脱了，赤了膊去见那个老板。那个老板见此形容，大诧，听目击者说了车上的情况，神情渐趋肃穆，说："真是活菩萨呀。"一次就捐了五十万。

偶跟瘪蛋小学、高中都同班，初中同级不同班，感觉到他脊柱侧弯是在高中，即使是在高中，也只是微微感到。可能也就是不显著，他自己也就忽略了最佳的矫治期。

那最初的感觉，他回忆是在十四岁，课外活动时间在操场上打篮球，夕阳西下，明亮的光线洒在操场上，他学着做一个上篮的动作，就在身体跃起的时候，他感到脊背针刺一样的疼痛，但他还是把手上的篮球抛出，在篮板碰了一下，然后落入了筐。他想，可能是脊背上的肌肉扭了一下。后来由于不再痛，他也就忘了。

也就是说，这种变化在他身体里悄悄地进行，它不通过疼痛来提醒他，而且外部的变化也是很小的一点一点地累积，几乎天天在一起的同学，老师，都没有察觉，以为是他走路的习惯性姿势，向左倾。在家里，老眼昏花的外公也没有注意到，几个弟弟更不用说。

最终发现的，还是他自己。

临毕业，玩得好的同学到县城最大的一家照相馆去合影。那家照相馆有一面一人多高能够看到全身的镜子。就在镜子里，他看到

自己脊背左边有些畸形，跟右边不对称。他心里微微一震。也没有跟谁说。看自己的左边的肩胛是有些突出，用手摸，能摸到一个侧弯的弧度，手指按一按，没有什么感觉。

红卫兵大串联到了首都，他挑了家大医院自己一个人去检查了一下，做了 X 光摄片，正面的和侧面的。从影象上看，他的脊柱映在黑色背景上，由于扭曲，像一条游动的阴白多节虫。

那个医生是个女的，岁数不小，有四十出头，她问他，什么时候发现的。

他说，十四岁吧，上初二的时候。

她又问，家族中有没有人有这个病。

他说，没有。

她说，那就是后天的，在你十四岁的时候，就立即去医院检查，说不定纠正一下站立的姿势，或坐着的姿势，就会好转，稍微弯一点，只要不超过 10 度，都够不上叫脊柱弯曲。加一个支具来辅助纠正。

他问，我现在是多少度。

她说，二十四五度吧。你有什么感觉。

他说，没有什么感觉，如果有什么感觉，我倒会找医生检查了。

她温和地说，不要紧张，按你的情况，还是好的，有不少人侧弯比你重得多，有感觉的。从片子上看，还好。过了生长期，一般的就不会再发展。

去医院的事，他没有跟任何人说，只要知道是个什么真实情况，自己心里有数，就行了。错过了最佳治疗时机，这是既定的，没法子改的事。白天他忙得很，没有时间去反刍痛苦。而且，他可以确定自己已经过了生长发育期，身高固定了，阴毛变黑了，精囊

成熟了，是什么就是什么了。脊柱有了一个二十度侧弯这当然不是
好的情况，但也算不上就怎么坏到透顶。那个女医生的情绪是温和
平静的，说了几次还好，这种情绪对他有影响，就是脊背发生了一
点畸形吧。

　　那是讲一不怕苦二不怕死精神的年代，万水千山只等闲，这点
小毛小病算什么。而且可以说明他确实不怎么把它当回事的，那就
是他下乡之后，照样地挑担子，并且报名去挑河。

　　善子倒是不放心他，舍不得他，他斗志昂扬，说，一点不要紧
的，它已经固定了，就这个样子，而且我在挑担的时候，感到它还
帮了我的忙，减轻了压强。所以我情愿挑，不情愿挖。

　　头天夜里，瘪蛋在民工棚里尽做挑河的梦，嗨呀嗨一直挑到
天亮。

　　第二天夜里又是这样，一个驼背小个嗨呀嗨呀挑到天亮。

　　社员教他，睡觉之前，要把泥拉（音。装泥块的类似于畚箕形
状的工具）的系解下来，他这么做了，夜里还是一个驼背小个担着
两个泥拉在嗨呀嗨呀连续地做着挑河的梦。

　　到了这条横贯通灵县境的大河挑成，开始放水，他和几个伙伴
蹚着浅浅的水到河那边去，又蹚着浅水过来，心情不一样了。想到
平地上就挑出这么宽这么深的一条大河，十几万民工像蚂蚁一样的
蠕动，但人的原始力集聚起来之后，真的很伟大。而且，他自始至
终都参加了，一担一担，从梯形很深的底部踩着蹬脚儿一级一级往
上行，跟上高楼差不多，不然的话，怎么会看下面的人像蚂蚁。

　　挑河是重体力活，称为男人关，偶起初听说他去挑河，而且他
脊柱上有那个毛病，第一感觉是自虐和他虐，周瑜打黄盖。但他过
关了，就是想图一个大劳力的工分。这是一个农民的生存法则，但

农民不会去想，挑河多么伟大。

他现在在对往事过电时，还会想起那个夜夜都在做的不能够停歇的很奇怪的梦。

说到驼背，偶就想起另外一个词，叫上弓腰。有个大美女，这么看那么看都很养眼，绝对够得上明星范儿，就是侧面看，有一点上弓腰，憾。偶也有点上弓腰，是遗传的偶父亲的。幸甚偶和那个大美女，个头都不矮，那时年纪轻轻，有一点上弦月能带得住。露似珍珠月似弓。临到老了，又无所谓了，男的是虾公，女的是虾婆。

偶见过一个又矮又驼的少女，矮得偶要把头稍稍低下来看她，是一个做皮鞋师傅带的女弟子，尽管脸蛋还不错，但形体上丑八怪，她自我感觉良好，不甘寂寞，竟然去一个镇里副书记的家里去色诱，那个副书记吓坏了，怕她讹诈，用了个洋布雨伞的柄顶着她，不许她近身，出去！你给我出去！

还回到他瘪蛋柱的侧弯。有这个弯，对于他的人生有没有影响呢，这似乎是一句用不着说的废话，已经影响了他的高考录取，但偶的意思是，它有影响但不是终极性的，也不是决定性影响。就如他现在这样，美丽女人是不可能爱他的，即便他脊柱没有侧弯。在雄性动物相互竞争雌性动物的角力中，他也会落败，譬如说他跟胡同学都爱上的那个女生，胡是一只皮毛华贵的雄狐狸，身上有雌儿们喜欢的气味，他没有。胡可以同时有几个雌儿围绕，他追一个雌儿都落空。

除此之外，在这个世界上，男人一旦拥有了权力金钱或者名气，也行，而且牛。有了权力就有了其他两项，这是用不着说的，有了名气也能有金钱，有了金钱就能通往权力，三者互通，水到渠

成，自然而然的，就有美女投怀送抱。

所以，最终影响他命运的不是脊柱弯了一下，而是别的。

除此之外，他是个很健康的男人，他的利比多分泌不会比一般的男人少。在弟兄五个当中，他跟老四最色。老四写在脸上，他闷在心里。

欧洲有个测验人的性本能的机构，由一个长相风度能让异性动心的男士和一个美貌女子，在街头上分别地去找异性。男士千篇一律说着奉承话，你长得真的很迷人。女人总是喜欢听恭维话。然后男士就提出，我们可以一起上床吗？女人感到意外，啊，不可以的，谢谢。所测试的女人都拒绝了。而男人则不一样，所有被测试的男人都露出惊喜，忙不迭地答应。只有一个有一点犹豫，明天要考试，功课没准备好。测试者又追问了一句，如果不是因为考试，那你会不会同意呢？那个男人连忙改口，我刚才说得不对，即使明天考试，我也会牺牲的，还有什么比能得到您的垂青更美妙更重要呢。

欧洲男人好像都是这个德行。那么中国男人呢，偶一直对武松、鲁智深不近女色将信将疑，可能是没遇上他们心仪的女人。还有孙猴子，也是不近女色。但中国男人遇到女人诱惑，要比欧洲人顾虑多，这是可以肯定的。那个柳湘莲不就是因为宝二爷脱口说了句尤物，就跟尤三姐翻脸索要宝剑，断送了一条性命。

偶这么想，如果有一个美女这么问瘪蛋，他虽是思美若渴，猴急，但他的理性会阻遏他，哪有这样的好事！他还是需要一点来由，要一点情境，最好是从天上下来一个七仙女，七仙女很主动，让他像董永一样扭捏。事实上没有。

这么左一理性右一理性，结果就是成为闷骚，成为一个耽于意

淫者。

刚才都是推想。现在的事实不是有没有漂亮女人逗他，而是他举枪不见鸟。偶再推想一次，如果真的有一只美丽鸟儿向他飞来，他会舍弃一切，冲破一切的。因为他不相信有来生。人最宝贵的是生命，生命属于偶们只有一次而已。职业革命家如斯说。

他跟偶含糊其辞，说善子有些性冷淡，这不正说明他有热情，只是没有得到响应。

他说他是有办法的，善子总是依着他，顺着他。

那是一个平平淡淡的上午，有阳光的好天气，鲜花怒放的五月。他想去一个经营电器的超市买一个小配件，周遭都是各式各样卖东西的小贩，嘈杂，睃了个空隙把自行车推过去停。刚把撑脚儿支上，就有一个很年轻的女孩到了他旁边。他压根儿都没想，这跟他有什么干系。而且，他都没怎么去注意她的长相，如果说在他记忆里能够留下印记，那只是因为身材，眉眼，是男人瞅上一眼就合心意的，而且透着幼稚。他当然喜欢。

后来他不止一次想起这个女孩，而且，有些后悔。怎么一句话都没说，没有搭理呢。把车子锁上，就木头人似的走了。走了几步，三四步吧，回看了一眼。那女孩还立在那儿，眼神里满是鄙夷。这时，他的脑子才激灵了一下。为什么"鄙夷"呢？如果不是对他有什么想法。在后来的一些日子里，他在外面并不是在通灵县，还遇到过差不多是这样的意思，有的在暗黑处扯了一下他的衣角，有的在公交车上，问他宾馆的房间号，这意思再明白不过了，这是一个把头发染成蜜黄色，打了蓝色眼影的女孩，岁数有二十大几，比那个女孩要大，那个女孩顶多二十出一点头吧。

他下了公交，她也下了公交车，他朝什么方向走，她也朝什么

驼　囊

方向走。到了一个道口，迎面亮起了红灯。他感觉她就在身后，甚至可以感觉到她的呼吸，有些脂粉的香气绕到前面钻到他的鼻孔里来。这阵势他还是第一次遇见，稍稍有点别扭。

绿灯再度亮起，他赶紧地过马路，宾馆就在对面，门口有个穿红色制服的保安。他想她不会再跟过来了。回到房间里，这个蜜黄头发的女孩很快就消失了，静静的，浮现出的是那个小一点的女孩，无论她是什么目的，什么想法，他是喜欢上了她。他有情绪，他愿意，她更主动，也就是说，没有违背她的意志。

怎么会那么木讷，那么迟钝呢。

春深了，花也差不多都谢了，小区里的青草无所顾忌地疯长，满眼是肥厚的绿，风把那些草腥味送到窗里来。他感到身体里有一种欲求，被草腥味挑动起来，他不想去压抑它，便停止了手里的活，也不去把窗帘拉上，此刻外面光线很强，就是有人偷拍也拍不到什么，更何况他就是想放纵。他把皮带扣解开，那匹兽已经有一点硬，有点烫，低声地咆哮。

现在网上的色诱也多。有图片。有一个一个门。

他的网名叫"梨农"。只有这一个网名。

第十一章　喜马拉雅

　　我第一次听才旦卓玛的歌声，是我上中学的时候，那是一部纪录片，片名我已经不记得，但歌声我记得，还很清亮亢越的在我耳畔，太阳啊霞光万丈，雄鹰啊展翅飞翔，那么自然流淌，如闻天籁的感觉，这么多年了，一直驻留我心里。

　　那时才旦卓玛刚刚被发现，还是个少女，画面上不见人，只有高亢入云，回荡在满眼新绿的高原山谷的歌声。那景色应当是藏南，太平洋的暖湿空气从一些缺口涌入，造成了丰茂的植被和云彩涧流。我去了西藏之后，才晓得我是去的藏南。藏南很美妙，但我向往的是冰雪峭寒的喜马拉雅山脉当中的珠穆朗玛峰。

　　藏南我从来没有想到过，我心目中就是喜马拉雅山再加上布达拉宫，这就构成了西藏。现在我还有一个重要的地方没有去，那就是喜马拉雅山脉之中的珠穆朗玛峰。

　　后来，有机会去尼泊尔，我想，这下子可以看上一眼了。那

山脉就横亘在中尼边境。我只要能看上一眼，也就心满意足。有真实感，不是看图片，而且人的肉眼所摄入的信息，那种真切，是任何照相机都不可比拟的。这跟到此一游的意思有点差不多，根本不可能背着个什么包穿着个什么鞋去登山，没有这个能力。我们有几次可能，但都成了不可能，一次是飞越中尼边境，但时刻上是沉沉黑夜。

　　一次是在加德满都郊外的一个高山上，山顶上专门有看珠峰的旅馆，天一泛白，大家就都起来了，所能见的都是很平常的青山，再远处就是薄雾，说是能看到雪山那是骗局。到了尼泊尔的第二大城博卡拉，这里据说是喜马拉雅山南麓的山脚下。用据说这两个字，是因为我们住的这个费瓦湖畔的小旅馆，对面也是很平常的青山，不见一点雪山的影子。

　　第二天我们乘着一辆大巴，绕来绕去，忽上忽下，到了一处山顶的平台，此行的目的是看安纳普尔纳峰的日出。喜马拉雅山脉是一个大家族，安纳普尔纳峰就是这个大家族里的一个成员，它自己又形成一个小分支。我们现在看不清它，因为有一层极薄极细的雾霭，当很远处沉在地平线下面的初日，把它的光线涂到七八千米以上的安纳普尔纳群峰的顶端时，像一小块一小块胭脂亮片时，我们朦朦胧胧地感到那就是积雪。那是一种并不确定的感觉。很奇怪的，我们没有看到雪山。甚至在朝阳升起来的时候，我们见到的也只是更远处的山峦起伏。

　　导游把我们带到这儿，就指点了一下一座离我们最近的山峰，用中国话说，那叫鱼尾峰。一个比较尖锐的三角形，跟其他的山形一比，有点另类。别的也没什么。直至我们离开博卡拉，返回加德满都，我们的车在公路已经行驶了几个小时，休息一下各人方便

时，我眯起眼向博卡拉方向的天空，不经心地散漫地望去，我看到了鱼尾峰！此刻我感兴趣的并不是鱼尾峰，而是它后面的一大片似山非山的阴白的云海，我想确定是不是雪山却无从确定，但从方位上可以肯定，那就是喜马拉雅山脉，以我平生未见的奇观呈现。虚虚幻幻。

一个人活得久了，在人世间走过的路长了，都会有几个节点，沉下一些情结。对于瘪蛋来说，那十亩梨树田，就是他的一个寸心常系的地方。那时他看不到上大学的希望，实实在在准备着一世当农民了，所有的心血都用到这十亩梨树田。

后来他跟偶说过，希望偶写一写梨树田，但不希望别人看到那是写的他，偶照办了，主角变身为少女，梨树田也成为一个充满阴柔气息的梨园，园和田虽然一字之差，已经是跟他不一样了。偶从没有见过梨树，但晓得梨花是白的，梨花一枝春带雨，这是文人趣味，文人喜欢的是花，不是果，很少有文人去写果的。

这篇小说出来之后，还得到一个写乡村的高手赏识。把这样一位跟农人胼手胝足几十年的人都蒙了，偶还真有点得意。那人当时名气很大，瘪蛋也知道这个人。偶把这话也跟瘪蛋说了，瘪蛋模模糊糊地说，不像。偶说，你不是不希望像你吗。

这样，又过去三十一年，偶因为要写这部小说，所以又聊到梨树田的事，说到不像，瘪蛋说，最大的不像，就是你们是赏花的，而我是赏果的，我是一个地地道道的果农，果农的喜悦就是经过他的劳动，苦尽甘来，看到那些枝上的成熟了的梨，黄灿灿的，掩映在青枝绿叶间，那些梨都是有生命的，会说话的，散发着香甜。干活的社员说，像娃娃的脑袋。他们的收入跟梨有关。我跟社员的心

情一样。

　　我没有说不喜欢你那篇小说，至今我还记得里面的一些句子，你信吗？新开的梨花洁白无瑕，片片透着太阳的光亮，梨林笼罩在缥缈的雾里。是不是有这几句？你都记不清？

　　我说不像，是跟我记忆中的那十亩梨树田不像。就如花刚开的时候，并不是洁白如雪，而是阴阴的一片白，即便大晴天也是这样。树杈上的叶芽也不是绿的，而是有点红。空气里嗅到的不是芬芳，而是略略有一点臭，刺激鼻腔的黏膜。这跟你们那个文人的想象不一样了吧。

　　这十亩梨树田从来也没有离开过我，一直在我心里，我有苦闷，有孤独，有怀疑，有迷茫的时候，就会到那片林子里。它能告诉我人生，告诉我社会，我还能从中汲取力量，这是我做得最成功的一件事情。生产队长把这些梨树交给我，就由我一个人去张罗。这是日本梨系，有三十年的寿命，既然交给了我，我也得对它们有个三十年的通盘考量，长远安排。

　　我晓得树冠有多大，那在土地里向下向四面伸展的根系就有多大，这是一般的说法，事实上还不止。我念念在想的就是三十年，三十年！我要让它的根系尽可能地有一个充分的养料吸收。我用锹在它的周围，挖有两尺多深的沟，然后，先是一层厩肥。厩肥从哪儿来呢，挨近有个羊圈，羊在里面咩咩叫，它们永不停息地咀嚼，拉下一串串黑豆一样的屎，自己又在上面不停地践踏，连同撒的尿，还有些草叶，我把这些肥料铲起来，放到筐里，向沟里一倒。

　　在厩肥上面，我又覆盖了一层面土，就是熟土。熟土上覆上底土，这样的三层。我用锹把它扑打实在了，然后坐下来歇息一会儿。我想象着那些根须在黑暗的地下潜行，伸展到基肥铺得厚厚实

实的这道沟，它们获得了想要的养分，有充足的力气再向前行。

我挖深沟施肥的念头，是因十几棵弱树引起的。

这十几棵树最初栽的时候，下面有条沟渠，把沟渠填平，填平的土都是些生土，长势一直不旺，结不了多少梨，一棵树三十来斤吧。比起其他的树差老鼻子了。有一棵树，是我这六百多棵梨树当中的树王，到了我在梨树田的第七个年头，结了三百多斤梨，而且一咬汁水丰盈，很甜。我很喜爱这个树王，盘算着再过三年把它培养到能结一千多斤，可惜，后来我离开了。我做梦时还梦见过它。它虽是我这六百多个孩子当中顶讨喜的一个，但我对于其他的孩子也不偏心。

那时就我一个人管这一大片梨林，是一个大独裁者。生产队长自己不懂，信任我交给我。梨树也有点像社会结构，有社会分工的区别，有主枝，领导枝，有专门负责结梨子的果枝，也有负责供应养分的营养枝，所有的枝叶都在争阳光争水分扩张自己，跟人类社会的各个个体一样，我这个独裁者，还得按照总体的平衡抑强扶弱。这跟维护一个社会运行的道理，没有什么区别。我虽然手上有一把体现法权的大剪刀，但使用起来很当心。对于每个花芽，每个果枝，我都是细致去做的。一个芽一个芽地看过去，每棵树大约有一千朝外的花芽吧。

整枝的时候，尤其在心的是中心领导枝，剪得越狠，冒得越劲，一定要保证来年春天冒出来的那个芽是饱满的大芽，如红缨枪的锃亮枪尖，这样，领头的枝才能处于蓬勃给力的状态。

我请队里的木匠打的人字梯，两米高吧，还是够不着那根领头的枝，我得站在那人字梯的上头。

站在那高处，没有什么可依赖的，有一点悬，然后用一根折断

下来的没用的枝，把那根领头枝慢慢地钩过来，再用手里的剪刀咔嚓一剪，切口得四十五度，剪掉之后再慢慢慢慢把钩住的枝松开。感觉有点像做杂技。我已考虑好了，万一失去平衡，怎么的朝空处一跳。

还得防止一些突如其来的灾害，就跟人类防旱防涝防地震防"非典"差不了太多。有一种病菌，叫黑星病，挺厉害的，弥漫开来的时候，叶片先是泛黄，很快就全焦，就跟一把大火烧过似的，像不像一个狰狞的妖魔。周围也有不少长梨树的生产队，社员奇怪，怎么就我这儿的十亩梨树田青枝绿叶。我也没有什么仙方，就是早防早治。

这些菌很诡，秋天的时候，随孢子粉飘到梨树田外面的柏树上，最远的有十里八里，它就在这些柏树上悄悄隐居下来，到了春天，落了第一场雨之后，就开始散布。所以我说它们的行踪很像妖魔。像西方那个骑着扫帚到处飞的巫婆。我对这个巫婆有法子整治，冬天我就拎了个药水桶到周围转悠，用竹竿把那个喷嘴绑在高处，因为柏树身量高，有十几米吧，见到柏树不管三七二十一，就从头到脚喷药水，方圆七八里到十里之内的柏树，一棵也不漏。

到了开春，我就留着点神听天气预报，在将要下雨之前，就对我的六百多棵梨树喷波尔多液，叶面上薄薄的一层，保护我的孩子，这样两头一堵截，巫婆还真的无计可施，作不起祟来。

春季过去，到了夏季，夏天是梨树生长得旺的季节，追肥，治虫，芽接，一点不能松懈。梨树田里密不透风，湿度也大，在里面干上几个小时，出来时身上淌的汗像水洗了似的，就跟包子出笼差不多。这个超大的笼子，就蒸了我一个包子。我还算好，身体虚一点的人真吃不消。我在梨树田做，大兄弟在大田里做，我们两人是

反的，我脱得只剩一条裤衩，因为梨树田里实在是太闷热，老二是全身上下都裹在衣裳里，他那件衣裳是破了补，补了又破，补丁摞补丁，善子帮他补的，说，足足有不下两百个补丁，那就是他遮太阳的劳动服。我是没法子穿，连鞋都不穿，梨树下面的土地由于太阳照不到，光脚踩在上面，有点湿润阴凉，舒服。

头一个夏天刚开始在梨树田里面做的时候，我是精赤着上身，在一点不让劲的毒日头下面，头上戴一顶窄边草帽，不戴草帽要晒昏了的，肩上搭一条毛巾。社员跟我说了不能脱，晒了要起泡的。果真，一天的大太阳晒下来，那层子人皮都晒死了，汗从汗腺里冒出来，没有毛孔散发，就把皮子顶出一个个小泡泡。晚上我在里屋的床上，只能趴下来睡，我想，我背上恰好多了一块，趴着睡不就不硌人了哈。这么下来两天，就没事了，死皮全蜕了，跟蛇蜕壳似的，新皮油黑，整成了一个非洲兄弟，只有牙和眼仁显白。亚非拉人民要解放，那时这个歌流行，如果要我上台客串，用不着再在脸上身上抹什么油膏。

所以我说，到了秋天收获的季节，果农的心情才真正沉浸到喜悦之中。这时就想的怎样上市，卖个好价钱。我定期的尺量梨子的膨大，看什么时候膨大得最快，这时采梨才是最适宜的。我们这个生产队有三百多个劳力，我这十亩梨树田就用了连我在内一个半劳力，挣的钱占全队纯收入的四分之一。队长跟我定的两个半整劳力的工分，这样我就多得了一个半劳力的工分。我把分到的钱，差不多都拿来买梨子送人。队长跟我开玩笑，说是吃你一个梨，真不容易呀。采梨的时候他也去看，也帮了下忙的，我真的没有给他尝一下梨。我这个人是不是做人太死板了。后来买梨送你送他，也就是打一下招呼的意思。

　　偶不止一次地听他说到梨树田，偶问过他，怎么这样的精心，耐苦，似乎有点不可理喻，难不成上了那么多年学，读了那么多书，就是为了做一个梨农？话一出口，偶就知道自己俗了，驷马难追，已经收不回了，还好，他也顺着偶去说，对于上大学已经没有任何指望了，推荐也绝对地轮不到我，彻底地死了心了。他不想再多说什么，但偶相信那些年他真的"梨农"了，甚至于已经是他生命的一部分。他还说过，如果不上大学，就这么梨农下去，再从商，也挣了大钱了，还能赞助你创作。他说的是创作，不是码字。

　　通中那个华丽的新校区像一篇汉大赋出现在通灵大地上，雕塑群落，巍峨主楼，从上一泻而下的玻璃幕墙，所有的教室都用回形走廊串联起来，电梯升降。

　　这些都是拿银子码出来的。

　　县委县政府出面向银行贷的款，款还得学校自己想办法还，连本带息每年要还一千多万。学校就采取扩轨借读的办法，原来是六轨（一个年级六个班），现在扩到二十四轨（一个年级二十四个班），达不到录取分数线的，交钱借读，分数就是钱，分数差得很多的学生要交十几万借读费。

　　学籍管理在教务处，老匹为了一个学生借读的事情来找瘪蛋。把情况说了一下，一个厂里的烧锅炉的师傅，老婆瞎了一只眼，社区安排了扫大街，独生女儿考通中差了几分，要想到通中借读。

　　后来把这个人也一起带到瘪蛋家里，那个人还拎了两瓶古井贡，那时古井贡不贵，就几十块钱。瘪蛋就劝这个烧锅炉的师傅，不要花这几万块血汗钱。不如到一个普通高中，人家会当宝贝。

　　这个师傅只是嗨呀嗨地笑，不应他的话，不住地说，烦您帮个

忙，帮一下忙吧。

这个人先走的，老匹跟瘪蛋温文尔雅地说，这人虽然没文化，是个并不糊涂的人。你说的道理他都懂，但他不能接受。

瘪蛋问，为什么不能接受。

老匹说，因为你所说的些道理，有些是片面的，你只看到借读生在通中排在末尾，心理上受到的压力，这话不假，但你没有看到，或是说，你就不去讲压力化为动力的可能。我说的是可能，现在无论我们讨论的什么方案，都是一种假定，是一种可能。我姑且把你说的可能最大化，像这个学生，如果到了通中借读，考上高校的可能只有百分之一，许多无权无势无钱的穷人，寒门子弟，指望孩子上大学能脱胎换骨，改变命运，有的只是为了孩子有个好一点的饭碗，只要有百分之一的可能，就要用百分之二百的努力去争取，很悲惨呀。

瘪蛋问，那我建议的，有什么不对呢?

老匹说，我没讲你不对呀，你的话有一定道理，是一种思路，一种选择，但不完全，你忽略了积极的因素，忽略了穷人不愿意世世代代穷下去的愿望。后一点是最重要的。

瘪蛋说，我没有勉强他一定要按我的意见去做，他一定要借读，我可以帮忙，尽量按最低的标准收费。

老匹说，这就对了。像你以前说的，中等生的家长是投机心理，就有点不近人情了。

瘪蛋沉默，扯到别的话题上去了。

沉默并不是默认，而是他不想在这个问题上再说什么。

刚开始搞教改的时候，瘪蛋到处说，教育就不必追逐高分，85分就是很好地完成了学习任务。这跟现在的应试教育，完全是背道

驼　囊

而驰，奇谈怪论。他对中等生不感兴趣，对中等生的家长望子成龙，他尖刻地说成是"投机心理"。然而，大多数学生都是中等生，家长都要争一争，这就跟大多数家长犯悖。

他动过一个念头，邀老匹参与教育实验，在老匹那个实验初中，也搞一至两个实验班。老匹斯文地摇一摇头，婉谢，说是行不通，家长会反感的，把他的孩子当试验品，请谅解。

受社会达尔文主义的影响，物竞天择，自然淘汰，瘪蛋说，战争和瘟疫，都不是坏事情，没有什么可同情可流泪的。老匹听了这个话，疑问：如果是物竞天择，自然淘汰，丛林法则，那就让大家自己去挤高考的那根独木桥，掉到水里淹死的活该，自找，干嘛又要人为地去干预呢？他嘲讽瘪蛋自相矛盾。

但对于个别的朋友找到，有什么事，瘪蛋从来都是很热情的。可能他认为办公室是公，家里是私。一个人不能没有公，也不可能没有私，私有制私有观念都是私。该公的时候就公，该私的时候就私。

也许与他动不动就包黑子脸，脸重到能砸了脚面，与他行为处事高调，说话尖刻有关，譬如说，人家拿了一点公家的纸，回去私用，他就说是"寄生藻"。

人们就不出声地从各个角度各条渠道盯住他的"私"，这里的私不是帮朋友忙的私，那是被美誉的，而是个人的纯私，搞得他非得向雷锋郭明义看齐，非得向最美妈妈最美少女最美仙女最美城管最美围巾男最美拾荒女看齐，要求他手电不单是照人，更要照自己，这样日子就过得不舒坦了。如果偶们把这种挑剔，看成是别人对他挑剔的美刺，而不是拔高道德水准，这样大家的日子都好过得多。回到一个大差不差的道德线上，让偶们对于每一个人都能够挥

133

霍敬意和滥觞鄙夷，没有人能获得赦免。谁比谁高出一个或是零点五个百分点，也只能认栽。现在就是，自己不要硬是把自己搁到神龛上，搞得神经末梢处于紧张状态，让别人看起来更像是藏着掖着，益发激起人们的窥私癖猎奇心。

就拿跟雌性的接触来说吧，不仅不能跟除了善子之外的雌儿调情，就连发乎情止乎礼，孔老夫子的话，好像也不能护身。这就搞得太太太超标了。老匹老婆所在的那个图书室，有两个管理员，另外一个也是个女的，生得秀气，身材五官肤色都好，声音也很好听。

瘪蛋常去那个图书室找资料，有时就直接坐在那儿看，不走，别的人很少去的，桦子心里就有点嘀咕。桦子有自知之明，不可能为了她怎的。也没见什么异动。

有一次图书室要清理登记，书和资料大搬家，瘪蛋不安排人来，自己充任个勤杂工的角色，搬运得很起劲，头发上脸上身上全是灰。两个女人过意不去，桦子给他拍打了几下，瘪蛋说不要紧的，这应当是瘪蛋这个星期当中最快乐的一天。

这件事是桦子说给偶听的，桦子只是感到奇怪，怎么不叫一个杂工来搬。桦子真正感兴趣的一个永恒话题，那就是老匹的花花肠子，她没有用这个词，但是这么个意思。一说到老匹这方面的事，她脸上就绽开笑容，活色生光。这使偶想起新婚蜜月，她说老匹是"伪君子"，也是这样的充满兴奋，充满爱意，历史性的刷新了"伪君子"的词性，贬义词一下子变身为褒义词。

对于偶等老友来说，老匹跟天上的月亮一样，有一面偶等看不到，只有桦子看到，所以桦子很得意。老匹油条，脸皮老得很。他在吊桦子的胃口，不然的话，桦子怎么会晓得他在外面不安分，而

驼　囊

偶在外面从来也没听说过有涉老匹的绯闻。

老匹会不会无中生有，制造出风儿影儿，让桦子兴奋，让桦子来劲，从而达到他不可告人的目的哈。

桦子有没有不知道的，也有，可能这件事老匹一直没有告诉她，时间拖久了，就益发不能说了。老匹兼课的班上，有个男生数学天分很好，他爸爸是个油漆工，长年的吸有害气体，得了职业病，不怎么能做，也就挣不了什么钱。老匹就瞒住桦子，临到春节汇一千块钱给这个学生，年年如此，就是这个学生离开实验初中，上了高中、大学，都没有中断过。后来这个孩子到英国留学，有奖学金，老匹才不再寄了。这当中，老匹有一次填汇款单，被桦子看见了，他找了个借口，搪塞过去。

瘪蛋的教育实验在头两年里还比较顺，所实验的这两个班，参加高考，成绩不比别的班低，但这两个班是一直高举星期六不上课的旗帜。这也就促使小倪校长把实验的成果推开，全校都星期六不上课，减负。也有人对这个实验成果质疑，这个成果能不能说，就是按照新思路新做法产生的？因为实验的环境并不封闭，谁能保证家长们没有偷偷地给孩子吃小灶，在校外花钱请人补课？但倪院士对这些质疑，一概不听。

实验班有个男生，一上到课就喜欢伏在桌上睡觉。瘪蛋问了他的班主任小虹姐，还有小马哥、芳儿，都说这个男生是个瞌睡虫。父亲母亲都在上海打工。瘪蛋想了一想，说，让他去上海，就跟父母后面做辅助劳力一个月，看看能不能懂点事。小虹姐说，那课掉下来怎么办呢。瘪蛋说，他这样子，上课也没有效率，不如促一下。

这一招还就见了效。瞌睡虫从上海工地上回来之后，上课不睡觉了。

瘪蛋住的那条巷子很长，走了好一会都不见巷尾，瘪蛋暗恋过的那个长脚鹭鸶，就住在巷头，瘪蛋的家在巷中间，巷头正对着一个卖料酒、酱油、醋、酱菜的小店，所以瘪蛋来打酱油的时候，总要经过长脚鹭鸶的家，当然希望能遇见她。长脚鹭鸶一直无视于他，视若不见。后来长脚鹭鸶走了，上军校去了。虽然瘪蛋伤不起，在日记里把她贬了一通，给她起了这个绰号。但心里还是抹不去她的美丽影子。二十八年后，长脚鹭鸶到老家来看看，听说瘪蛋现在是通中的教导主任，她恰好有个亲戚的男孩分数不够，想上通中，她就自信满满，自告奋勇来找瘪蛋，她当年的崇拜者。

瘪蛋已完全认不出她来，面前这位肥胖臃肿的中年妇人，直至她报出自己的名字。

瘪蛋心里那个美神，被子弹一击，像一缕青烟，散开，没了。

长脚鹭鸶还想在借读费上讨价还价，不识相地挤眉弄眼，碰到瘪蛋带点冷淡的目光。这目光是等着她的。长脚鹭鸶悻悻走了。

这条长巷，在旧城改造时，也拆得精光。现在留给这条巷子居住过的人们，也只有回忆了。巷子尾巴上有个酒厂。这个酒厂虽是通灵唯一的酒厂，地方国营，但整个生产流程，像个大作坊。到处堆的粮食，坛坛罐罐。进去了感到热气和酒气。工人们不停地把地上撒的粮食铲起来，归拢到堆上。厂子的后门通向河沿，有船泊在码头，等着运酒糟，那深红的还散着热气的颗粒胀大的酒糟是喂猪的。猪吃了酒糟会有醉意，但不影响猪肉质量。

酒糟的气味很浓，附近的几条巷子，以及沿河的一带，都弥漫着酒糟而非酒的气味。偶印象深的除了酒糟之外，还在沿河的人

来车往的路上，忽然发现一块"石头"，这块"石头"半裸出路面，黑色，光滑，上面有纵横交错的纹路。

偶以为是什么宝贝，翘着臀在挖，挖。挖出来的是一颗美制菠萝式手榴弹！别紧张，它没轰的一声爆炸，否则不会还留着偶在这儿贫嘴。这是偶自来到人世之后，干的一次最危险的活儿，而偶一点不知在死亡边缘，当然也不会像职业拆弹兵们预先写下遗书那样。

酒厂里有宿舍，住着干部和工人的子女，也有在通中读书的，瘪蛋有印象，是初中部的，在巷子里遇见，相互也不招呼。酒厂自成系统，厂里有水井有专供自来水，用不着穿过瘪蛋住的院落去那边打水，而且也没见过酒厂的孩子来跟外公要过花草。

恢复高考那年，瘪蛋跟酒厂的一个男孩同在一个考场，他并不是有意去注意他的，而是做完一些题之后把头抬起来，就看到他坐在那儿，眼睛看着前面，也不做题，别的考生都在头吭着紧张地写，听见咏咏写字的声音。隔了会儿，他又朝他那儿看了一下，还是那个姿势，眼睛看着前面，不做题也不交卷。监考老师也注意到了，踱到他那儿，瞥了一眼卷子。

二十八年后，这个人为了儿子借读的事，来找瘪蛋。聊到那次在考场，他说，我只做了一题，下面的题都做不起来了，我又不甘心失去这次机会，就在那儿干坐，直至铃响，老师到我这儿来收卷。

瘪蛋因为跟他面对面说话，注意到他左右脸颊不怎么对称，这样脸型略有些不规则。

第十二章　迷路

英语是我的短板，我越来越感受到这一点。我学了八年的俄语，从中学到大学，现在一点不派用场。有时我听俄罗斯人很快地讲话，也只能捉住一两个词，但语调亲切，如果讲得很慢很慢，可能捉住的词多一点。

我们生活当中，碰到英文的时候要比碰到俄文的时候多几百倍上千倍。界面上时不时地出现一个英文帖子，那一刻，我急呀，我才晓得为什么要把文盲叫睁眼瞎，这是指书面的相遇。如果碰到需要用一些很简单的英语短语交流的时候，那就成了哑巴，那是一种发音器官功能完好的哑巴。但在心情难受的程度上，跟发音发不出来的哑巴是没有区别的。

因为语言，到了国外，我都小心着。在罗马，在哥本哈根，或是在其他什么地方，都有过分散活动的时候，有时我不结伴就独自一个人，也没见出什么事。方法很简单，一是要记住所走过路径的

一些标志，二是不能走得太远，就这么沿着大马路一直朝前走，最多只能拐一两个弯儿。这样，也就不曾出现过迷路的情况。

　　思想也可能就有些松懈。这一次，是一个人行走，在博卡拉，只在一个卖布艺的小店里，见到几个同伴。然后我还是一个人行走，心里也不是太踏实，回过头来，看到三座靠在一起的青山，这是费瓦湖对面的山，我们住的小旅馆就在湖畔，山就是标志。那么高的山峰，在城里的每一处应当都能看见的。正因为如此，我心里比较踏实，向远处去也胆大了些。即使有的地方回望不见山，但这边那边走走，又能见山。城里弥散着一种我从来没有嗅过的香味儿，我以为是从街道两旁的明沟里散放出来的，那沟没有盖板，但靠近了嗅，又不像。

　　是什么味儿呢？我斜上一条道，走到尽头，看到一个墓园，像是一个名人的，嵌着他的戴了黑色船形帽的照片。那上面的文字跟藏文有些像，大约就是尼泊尔文字。这儿的人都会说英语。我不再向前走了，前面是田野，不见山。在提醒我，有些走偏了。

　　往回走的路上，我不断地看到三三两两的放了学的小学生，也都是穿校服，但比我们那儿的校服好看，式样好，颜色搭配好，朱红的上衣配咖啡色的褶裙，或是天蓝的衬衫配深黑的裤子，领口都结了个很漂亮的领带，有个小姑娘领带上还印了个不知是印度教还是佛教的徽记，我从未见过，盯住看，小姑娘害怕地看了我一眼，加快了步子。她的眼神里流露出恐怖，难道是我的样子让小孩怕？

　　我的样子并没有什么特别的。学生放学，也提醒我该回费瓦湖畔的小旅馆了。我朝着远远的三座青山的方向走，坚信只要方向没有错，就一定能到达。我想抄近路过去，从大路上下来，穿过杂乱

无章的房屋，感觉到自己进入了尼泊尔的田野和村庄，走过那晃晃悠悠的悬索桥，有个小水闸在哗哗放水，不少妇女在水闸旁边的河坡上浆洗衣服，大片的衣服是天蓝色的，也有白色的，很耀眼。

我过了桥，看不见山，心里就有些紧张，也不敢继续朝前走，赶紧回头。辨认了下方向，又重新选择了一条路，田野里有很多棒子瘦瘦长长的玉米，跟我们那儿的玉米不一样。这些路有些吊诡，看着是向山的方向去的，三绕四绕都改了方向。这么折腾，我心里有些紧张起来，腿脚也差不多疲乏了。有辆出租车凑上来，我不管三七二十一，先坐上去再说，语言不通，我只好指了一下方向。他也搞不清什么意思，到了一处停下来，我摇摇头表示不是，又到了一处停下来，我又摇摇头，感觉越来越离谱，赶紧从车上下来，给了他五美金。

后来，有点怕起来了，从来没有过的怕，想到求助于警察，语言一点不通，我只好向警察要了一张纸，在纸上画了三座山，在山下画了些波浪线，表示水，在水对岸画了个房子，用笔在房子这儿点了一下。

那年冬天，这条巷子里刷上了一条大标语"走资派糖赠金大刮反革命经济主义妖风罪责难逃！"下面署名是酒厂百丈冰战斗兵团。怎么可能有人叫糖赠金呢，不可能的，这个糖赠金差不多是酒厂厂长名字的谐音，堂厂长因为给造反派多发了钱，上海一月革命之后，把这称之为反革命经济主义妖风，所以堂振清就成了糖赠金。钱都到了造反派腰包里，拔不回来，糖赠金就成了罪责难逃。糖赠金生有两子一女，这个两边面颊略有一点不对称的，是他的长子，姑隐其名，也叫他的绰号唐僧。唐僧上到初二，就来了"文

革"，这就跟一次破坏性大地震之后，你到废墟上捡到一块手表。它的时针就定格了那个瞬间，唐僧的学历也就定格在初二，这也是他高考试卷为什么只做了一题的缘故。

如果他跨过酒厂孩子和巷子里居民孩子从无来往的壁垒，像现在这样，为了儿子借读的事，不揣冒昧，去瘪蛋家的那个庭院，问问题目，或许在试卷上多做几题，多拿一点分。

"文革"当中，他比较逍遥，跟在一个剧团的朋友后面。学着弹琵琶，春江花月夜，阳春白雪。到了苏州无锡的知青下放到通灵之后，他又跟在他们后面学着弹吉他，弹的是些外国曲子。

他的初恋，也就是第一个恋爱对象，一个比他小十几岁的女孩，喜欢上了他，就假托学吉他，自己买了把吉他，常常到他宿舍里来。他是一个单人宿舍，在一个除了几眼窑，制作砖坯的长棚，那就是农家景况的处所，是一个再好不过的发酵爱情的地方。女孩的父母不同意，嫌他岁数大，于是在吉他还没有学成的时候，女孩又爱上了另一个男孩。他的初恋也就在一首感伤的吉他曲子里结束了。

再后来，乙肝找上他了，并且在急性活动期，他住进了医院。稍好了一些，他就开始练气功，气功跟佛教是有缘的，他最初看了一本《释迦牟尼佛的一生》，被释迦牟尼的人格所感动，他相信这样的人讲话不会骗人。他就开始往佛教的方向去了。遇有疑惑，还去过栖霞山的佛学院去求解。

也就是这时候，他又遇上了爱情，这是第二次。他有个妹妹，做小生意，那个小店铺门前养了一只绿鹦鹉，你怎么逗它，它都不说话，沉默是金。他妹子喜欢化妆，发髻盘得高高的，有一点像日本女子。她有一好，就是唱京戏。通灵县城有一帮子人好这个，陈

李二琴师好了几十年，两人搭档，旦角你拉京胡，他拉京二胡，生角他拉京胡，你拉京二。

唐僧通过她妹子接近这帮子人的时候，是古装戏风头正健，锁麟囊状元媒法门寺捉放曹。他们这个乐器班子差弹拨乐，有时就把唐僧请来，拨拉几下子月琴。月琴比琵琶好弹多了。陈李二琴师经常抬杠，陈琴师说软弓好，李琴师说硬弓好，马尾绷得松紧之分。

陈琴师为了标榜他的软弓，特地把马尾放得松而又松，直接捏住马尾在弦上拉曲子。也有时叫唐僧评判，唐僧笑道，我不懂。唐僧是个实在人。不懂就是不懂。

讲到这儿，偶要说几句陈李二琴师的趣事。李琴师是常州人，为了追偶们通灵的一个美丽女孩，一直追到通灵县城也就不走了，在通灵一呆五十年，从小伙子到七旬翁，两人结缘就是京剧，现在都老了，在市民广场，夫拉京胡，妻唱程派的锁麟囊，春秋亭外风雨骤，真让人羡慕呀。

陈李二琴师也因京剧在一起搭档，陈琴师那时二十岁出头一点，一有京戏班子来，他们一同去看，边看边记谱，记不全就两人回来一起凑。京胡京二胡是最基本的两件，拉起来京胡京二胡弓子一上一下，要齐，才好听，不能够你上弓他下弓，这就不对了。因为没有一个标着弓序的谱，两人有时就争得不可开交，直至智取威虎山剧组原班人马光临通灵，两人请剧组琴师的客，下馆子吃包子，那琴师是国手了，拉了一个极简单的过门，意思是这个过门你们二位弓序都不对，还争什么。

唐僧在陈李二琴师领导之下，充当个弹拨乐，这样就是三大件。也就在这时，他和他的第二个女人遇上了。这女子叫凌丽。凌丽并不会唱戏，她妹妹会，她妹子也在陈李二琴师的班子里，不幸

的是，得了骨癌，开始扩散。唐僧就上她家里去，想教她练气功，看能不能有助。教她在疼痛的时候念大悲咒。凌丽可能感到这人很高尚，这个女孩很感性的，流露出好感和朦胧初爱。唐僧一察觉，就不去她们家了。凌丽更觉高尚，一发不可收，一爱倾心。

唐僧把什么话都说到了，我比你大十几岁，我有病，这些话只能助长凌丽的疯魔似的热情。唐僧不需要像董永哥，非得要老槐树开口讲话，也不必像柳下惠哥扭扭捏捏，柳下惠究竟有没有这回事，都语焉不详。在凌丽为了妹子的死，泪崩的时候，唐僧慰安她，把她揽入了自己的怀抱。

在唐僧的调教下，凌丽也开始信佛。

凌丽在的那个厂子，到了假日，组织了一些职工去白蛇传说的那个金山寺去玩，也有凌丽。玩的人第二天就回来了，凌丽没有回来。凌丽跟另外一个男的一起去黄山了，他们黄山没去过。那个男的，人年轻，个子高高的，有几分帅气。原来跟唐僧好的第一个女孩，因为父母反对，就跟这个男的好上了，结了婚。

这个男的也晓得她原先跟唐僧好过。也晓得凌丽不顾爸妈反对，嫁给唐僧。凌丽当然也晓得以前的这些事，甚至就是跟那个女孩有意来一个逆反。现在凌丽跟那个男的一起去黄山，而且是脱离了大队人马，就两个人去。唐僧不知道仅两个人同行，以为是几个人一起去的，黄山凌丽没去过。凌丽从黄山回来之后，神色有点恍惚，有一点心不在焉。夜里也是，像失眠似的，不停地翻转身体。

唐僧一问，她就把脸藏到被子里呜咽，说，我对不住你，没有脸见你。

唐僧心里有点数了，是不是谁欺负你了？

她连忙说，不是不是，是我自己不好。

　　唐僧沉默，隔了会儿说，我配不上你，你现在还有选择的自由。她扑到唐僧怀里放声大哭，不不，我心里最爱你，只有你，没有别的人，我以后保证不会了，求你原谅！

　　唐僧想，是不是到了金山寺之后，受了白蛇精灵的魅惑。那个男的是许仙吗，凌丽否认跟他有什么真的感情，晓得他花心，是个花瓶男。唐僧想，他花瓶，你不理他，他不就花不起来了。

　　凌丽也信了一阵子佛，怎么会。这个男的，先是把他的初爱夺走，这次又魅惑了凌丽。唐僧也失眠了。

　　这件事发生之后，唐僧有好一阵子对房事情绪低落，由于凌丽的努力，情绪才渐渐好转过来。

　　又过了些时候，凌丽怀孕了，生了个儿子，取名叫南南。对儿子，凌丽和唐僧都爱如掌上珍宝。两个人在的厂，经济都下行，工资发不足。以前教唐僧弹吉他的无锡知青，回到家乡之后，自己创业，做家装，也有了自己的产业。他跟唐僧一直有联系，说，如果他们愿意过来，就在他公司做，他不会亏待他们的。

　　凌丽说，现在南南在成长期，什么都得花钱，是不是我去无锡学习一下家装，掌握了一些窍门之后，就学你妹子，自己做点小生意，也省得依赖父母。

　　唐僧说，那南南谁来管呢。

　　凌丽说，有我妈妈，南南现在断了奶，要按时喂奶粉，换尿布，这些你不会，由我妈妈来。还有你妈妈，也帮上一把。我去不多久，就会回来的。

　　唐僧想想，也就同意了。

　　凌丽这一去，就是五个多月，快过年的时候才大包小包，捎带了不少东西回家。一家三口，准备着过大年。

驼　囊

晚上唐僧跟南南先睡了，凌丽一个人在外间拾掇。电话铃声响了，凌丽拿起来接。这时唐僧也被铃声弄醒了，是谁这么晚还打电话，他起了疑心，电话在房间里有个分机，他掀开被子，下了床，趿着鞋，悄悄拿起听筒，窃听。

第十三章　再抱高一点

阿黄去幼儿园接倍儿，带回一张碟片，说是倍儿这一学期的影像都剪辑在里面，我打开电脑播放，真的挺好，挺精心的，倍儿会摆 pose，有的还是我第一次见。配的那个音乐，挺好听的。

阿黄说，是剽窃的春晚上的。

春晚？我已经好些年没有从头至尾看了。阿黄也不怎么看的，她怎么就知道是春晚上的。后来阿黄把那段视频打网上搜出来，果然是，曲子很简单，为低幼写的嘛，低幼的心愿，低幼的语言。

爸爸总是对我说，爸爸妈妈最爱我，可是我却不明白，爱是什么。后面就直白地说，不是说，是喊！爱我就要陪陪我，爱我就要抱抱我，爱我就要夸夸我，爱我就要亲亲我。低幼们的要求也可怜，可就是得不到满足。

倍儿跟阿黄要比跟我黏糊，我成了替补。

我问倍儿，小老鼠跳到米缸里，为什么不敢出来呀？倍儿忧心

怵怵地说，大黄猫在外面等着。

我说，后来小老鼠只好顶着个塑料袋从缸里跳出来，不让大黄猫看见，大黄猫坏不坏呀？

倍儿大声地说，坏！大坏蛋！

我说，那你为什么还要跟大黄猫好呀？

倍儿笑起来了，你是大黄猫，坏蛋！

由于有了倍儿，我在重历人生。我一两岁甚至于婴儿时候的事，本来是完全没有记忆的，我称之为"史前期"，这一部分在黑暗当中的，忽然被激活，很真切地浮现出来了。我怎么学走路的，妈妈给我放了两张凳，我从一张凳子歪歪斜斜扑向另一张凳子。我的个子太小了，在妈妈的膝盖下面，我仰脸看妈妈，妈妈像个巨人，所以我要抱抱！抱在她怀里，我就跟她一样高了，眼睛对眼睛，鼻子对鼻子。

而且我在看世界时，不再有压抑。我被大人从地上抱起来，就有一种一下子被提升的快感，这些我都记忆起来了。如果坐在大人的肩上，或是骑在大人的脖子上，那就更惬意了。

倍儿渐渐在长大，我看阿黄抱着她的时候，她的脚丫挂到阿黄的膝盖上面，身体也不轻，差不多有两袋米那么重。我们家在六楼，提一袋米上楼都有点吃劲。但倍儿总是缠着要抱，拦住你的腿，不让你走，要抱抱，抱起来还要求再抱高一点，咦喂，你爸爸老了，不是年轻的时候，可以让你骑在他的脖子上，或是坐到他的肩头上，你降低一点要求好不好？

想死你了，一个男声。唐僧听出来，是无锡那个做家装的朋友。

鬼才信。凌丽轻轻的笑声。

真的，骗你是小狗。

昨夜一夜都没睡好，跟丢了魂似的。

嗯。

你什么时候来？

等过了元宵再说吧。你还有什么话要说？凌丽的语气透出点紧张，可能想到房间里有个分机。

别急，急什么呀，我学你们通灵人的话，亲呀命呀，学得像不像？

凌丽不敢搭腔，把电话搁了。

凌丽把外面收拾停当之后，回到房里，拧开夜灯，见唐僧没睡，披衣坐在床上。

我们离婚吧。唐僧平静地说。

凌丽没有吱声，隔了会儿，说，你听我把话说明白了再离，行不行？我跟他确实没什么，就是开几句玩笑。

有这么开玩笑的吗？唐僧的火气一下子爆发了。玩笑都开到床上去了！

请你小声一点，别把南南吓了。凌丽低低地说。我如果跟他有什么，我今天就死给你看。真的没有。

凌丽说得这么坚决，唐僧也有点动摇了。如果心里有鬼，她是撑不住藏不住的。

都不想声音大了，吓了南南，这样两人压低嗓门，争了几句，各自抱了一条被子分开睡。

凌丽的意思是，那人只是口头上占点便宜，并没有实际行动，你有求人家的事，总不能不搭讪上几句。唐僧除不去心里的疑云，他正在忙着恢复居士林的事，跟凌丽说，无锡那边，你就不要去了。

凌丽说，不去就不去，你养着。

唐僧哪儿有本事养老婆，养孩子，还是得靠父母。唐僧的父亲也就是"糖赠金"，原先不是通灵人氏，因为六十年代反右倾被连降三级，下派到通灵酒厂当厂长的，一直申诉，后来改正了，原有级别待遇全部恢复，补发了一大笔钱，对长子长孙还是格外看顾的。儿子跟媳妇有矛盾，老太爷脾气大，都是骂儿子。老太爷疼南南，把自己抗战的勋章都给了南南，到了自己老痴了，什么人都不认识，叫不出名字，还就只认得出南南。

唐僧的一门心思在念佛，在恢复居士林上面。通灵县原先有个居士林，县志上记载了的，是嘉庆年间的事，唐僧就约了几个人一起去佛协，由佛协再去找统战部，要求恢复居士林。统战部表了态，历史上有过的，可以考虑恢复，这事情还得请示地区。后来地区同意了，统战部下了个文给佛协，并且在市区规划的宗教场所辟了一块地皮，留待恢复居士林。

佛协就把愿意参加居士林的一百多个人，登记造册，并且把他们召集起来开了个会，推举唐僧当首任林长。这个长，一分钱工资都不拿，比巴黎公社的公仆还要公仆。偶问过他，当林长给不给一点经济补贴，唐僧说，说是每一个月给三百块钱补贴的，我没有要，我有退休工资。

就这样，还有人看不得，想谋这个长，有三男一女提出来要改选，被居士们称之为四人帮。唐僧说，好像这个长有什么油水，谁要当谁就来当吧。

居士们见唐僧不当，都着急了，有贩鱼的，卖水果的，修车开网吧的，伙着去找佛协，不同意改选。佛协的人笑道，你们这么多的人，还怕改选？

居士们想想这话也不错，我们这么多人，还担心什么选。

选就选。

原先是鼓掌通过，这一次正儿八经，居士都一一通知到场，签到，佛协派人监督，无记名先选出三个候选人，然后在三个候选人当中再投票，唱票，在黑板上打正字，唐僧以最高票当选，四人帮连候选人都没有一人进入，不吭声了。

现在居士林有了林长，公家批了块地皮，其余都没有，用毛主席的话来说，一穷二白，一张白纸，好画最新最美的图画。

唐僧真的忙起来了，想办法筹钱呀，政府不可能帮你去担保贷款，这跟在建的通中新校区是两码子事。唐僧只能蚂蚁啃骨头，一点一点来，你现在看到的佛殿，讲经堂，居士丛林，那都是一个书呆子慢慢化缘，累积起来的，你就晓得，这是多么不容易的事，这是多么了不起的功德。偶在返乡的时候去过居士林，唐僧穿着僧袍从念佛堂出来，他在领着居士念佛的时候穿，不念就脱了。他跟偶几乎是无话不谈。

偶看到他还真的像个一方领袖的样子，在居士当中很有威信，都听他的，偶说偶支持他的居士林事业，这与信佛不信佛无关，现在资本运作大行其道，精神岌岌可危，所有为了维护精神而存在的，都应成为盟友，无论是佛教徒基督教清教徒。忽而想到要发个电子邮件给一个朋友，欲借他的电脑一用，他同意了。但在偶写邮件时，他忽然不放心起来，疑心发作，捡起老花镜戴上，凑近屏幕看偶写的些什么。

偶提醒他，这是隐私，非偶允许，是不能够看的，虽然是用的他的电脑。搞得他有点尴尬，很不好意思，解释，是为了居士林的安全，偶忽然要在他这儿发电子邮件，他心里奇怪。这是说

驼　囊

的大实话。

老爷子也就是"糖赠金"，是坚决反对他做这些事的，凌丽却是在默默地支持，南南的吃喝拉撒，幼儿园接送，都是她一个人。唐僧也听到有人传，凌丽在背后赞他，说他做了一件事，把县志上有记载，实际上已经没影儿的居士林，给有鼻子有眼地恢复重建起来。没有他，就没有这个居士林。

唐僧很感动，虽然还不能消除对她的看法，水性杨花，但已经有一种对于她的旧情复萌。他也好长时间没有做那事了，习气作祟，基督教叫原罪。夜里他硬是钻到她被窝里，遭到坚拒，开始了一场无声的搏斗。终究她力气小，强不过他，被他把裤子扯下来。再往下，她就不动弹了，任凭他想怎么样，就怎么样。

这跟唐僧以前的感觉，一比，是两回事了。

凌丽不想说什么，他也不想说什么。

往事，对于他们两个人来说，可能都渐渐远了。

在这个特别的家庭里，南南长大了。爸爸妈妈都念佛，也都爱他，当然妈妈爱得更多了，爸爸的时间基本上都花费在居士林。南南的血质有妈妈柔的一面，也有从糖赠金遗传下来的强悍的一面，糖赠金是行伍出身，到了他年迈力衰，陷入老年痴呆的时候，他赤裸着上身奔跑，以为他还是在大刀队，在挥舞着大刀向鬼子们的头上砍去。

唐僧在化解这种血质里遗传的戾气，但仍能看出那种意志力，那种不屈不挠。南南在学校里也是娃娃头，他那个中学在通灵是比较差的一类，谈不上学风，整个的就是纪律差，课有时都上不下去，班主任没有办法，把南南招呼到办公室，请他助把劲，班主任

151

跟南南关系好，南南说，放心好了，没问题。

老师暂出去，南南进了教室，往讲台那儿一站，嗨，大家都听住，老师也是在这儿混饭吃的，不容易，给我个面子，行不行？

下面一条声的，行！有一个男生说，南哥发话了，不行也行！

南南指点着那小子，说，你少给我阴阳怪气的！

那小子搞笑的做了个怕怕表情。这样，教室里安静下来，老师才进来上课。南南因为在学生当中有威信，校方虽然晓得他顽皮，但在这样的孬学校里需要这样的角色，也就讲策略，以夷制夷，安排他当了学生会副主席。

平时南南结交些社会上习武的朋友，凌丽不满，时不时说几句，南南也听疲沓了。他也想不到，会这么激烈，他偷看 A 片，他没有藏好，被凌丽发现了。凌丽没有跟他说，只是把自己的身体悬挂在浴间的一根铁管上。幸而他回来得早，吓坏了，要是再迟一点，他就要永远失去妈妈了。凌丽醒过来时，南南正抱住她号啕痛哭。一见她醒了，南南说，妈妈你不能死！我会听你的话，会孝顺你的！凌丽长叹了一声，眼泪纷乱地滚落下来。

南南这一下子真的被吓得不轻，像是一种从悬崖边上回来的感觉。他一下子长大，懂事了，从此不再乖张，成为班上学习最用功的一个孩子。校长老师都不知道怎么回事，很惊讶。凌丽也想不到，想到的话她倒不会去寻死。南南当然不会说。深沉的原因缘于母爱，以及青春期突变的一种自我飞跃。

在这样的学校里，学生认真去学的很少，尤其是男生，所以南南的成绩很快就冒出其他的人一大截子，校长把他提升为学生会主席，不过，南南这回可是以优等生来作为示范。但跟通中的学生比起来，南南的成绩连下缘的搭头都有点勉强，可见两个学校差距

驼　囊

之大。所以，到了高二要升高三的当儿，唐僧就去找瘪蛋，能不能帮一下忙，能不能到通中借读一年。

他们虽然住在一条巷子里，也常常遇见，但从来没有说过一句话，但唐僧相信，见了面之后，瘪蛋不会认为他冒失。况且，他现在为了居士林的建筑资金，到处化缘，习惯了去陌生的环境，跟陌生的人打交道。瘪蛋对于他来说，还是常见的，面熟的人。后来的情况说明，唐僧的直觉是对的。瘪蛋不但爽快地答应了借读的事帮忙，而且，主动提出南南可以到他家里来自习，有什么不懂的，可以问他。这对于唐僧来说，大喜过望，就像募捐的时候遇到一位大慈大悲慷慨解囊的主儿。

他一点不晓得，瘪蛋除了因为同住一条巷子，并且常常见，是个熟脸儿之外，更重要的是，还是那次在考场上见到唐僧一直坐在那儿，也不作题也不交卷，在他心底留下的深刻印象。他有点奇怪，那么多人，上他家来问问题，他怎么就不来，住得那么近，鼻梁靠眼睛。那次高考，是给老三届的补偿。错过了那次，以后就难说。现在他自己提出，让孩子上他家里自习，就是因为见到唐僧之后心情的微细波澜，他私人一点不欠唐僧什么，因此，这不能算是补偿。是什么呢，是瘪蛋愿做想做的事，他高兴的。

第十四章　牛蓝

这儿的牛蓝，是一个网名，是我上大学时的一个同学。他为什么叫牛蓝，也就是说牛蓝什么意思，我们都不知道，只有他自己知道。我当然可以问他，牛蓝什么意思，但我不想这么做，想通过别的路径。现在通常的办法也就是上网搜。牛蓝什么意思？李彦宏知道。希望是这么个结果，多多少少能找到一点头绪。

我这么做了，结果李彦宏没敢说知道，给了我很多诸如牛蓝瓶、牛蓝湿鞋面革、智牛蓝骑士微博、牛蓝和织女怎么一年只见一次面、牛蓝社区等等，还是挺给力的，虽然不着调，但还是让你有一种在混沌当中渐渐向你要找的那个东西前行的感觉，终于，颜色：大红绿色、黄色、牛蓝橙色，还有一条加以佐证：男友款调袖素面长衬衫（深灰，牛蓝）点评。恩，牛蓝是一种颜色。李彦宏伟大，省我多少气力。

以前，我们曾经猜想，是不是牛角上挂了个篮子。这小子也不

驼　囊

吱声。搞得我们很弱智似的。比如说，老都老了，这个网名一看就清楚，还有刀里藏笑，也很好，这小子就是嘻里哈啦的，上大学的时候喜欢秀胸大肌。

那一阵子刚刚恢复高考，大学里学习气氛很浓厚，刀里藏笑就是只晓得玩，现在看来，那些优秀，有什么用，掖档案？喷血！刀里藏笑如此说。差不多是那么回事，大伙儿哈啦笑。为祖国为四化流过多少泪，回首往事心中彩云飞。

提到上大学时候的事，有人纠结呀。我纠结，跟小女生酸了句若是两情久长时又岂在朝朝暮暮，有女生要扇我耳光，咦喂只怕娘子打闪了手。阿贵陆呆纠结，是因为期末考试，作文不及格。这可是两个顶级的大才子呀，阿贵跟老师哏古词，惟得勉心循教诲，山百座，水千程，陆呆作文被老师激赏，拔得头筹，享受在课堂上诵读，写一幼稚园老师被剥夺了教育权，只能在家里给自己的孩子拉手风琴。

那个作文，题目叫什么来着？想起来了，愿你听到这支歌，写作老师的心弦被拨动了，他在讲台上做了个手势，这么轻轻一弹。女生们很细心，窃议写作教师很喜欢孩子的，于是班上掀起了一股写小宝宝热，以博再度轻轻一弹。就这么的两位才子，竟斩获作文考试不及格。

这次作文考试，题目绝了，就叫《考试》，体裁限定是杂文，叫你无论如何也猜不着。阿贵超紧张，把考试的考字那个弯弯里面多加了一横，批卷的老师光火了，是同轨的另一教师，这个字怎么会写错？一个字扣一分，作文前前后后一共出现了十八个考字，都是画蛇添一足，这样嚓嚓嚓，就这一个字，被杀十八分！阿贵惨呀，一下子掉到及格线下面的窟窿去了。分数公布之后，跟陆呆两

个借酒浇愁。

牛蓝也是本班一大才子，文章写得特棒，还会吱咕吱咕拉小提琴，会玩的名堂很多。听说我要写一部长篇，囊子是中学一名校生，他蹲的那个学校名气在省里面可是数一数二的，他介绍我，跟几个老师拉呱，找找感觉，找点材料，假凤虚凰捏合捏合。共采访了三位，一位是老都老了的高足，是一个愁眉不展的女子，很不连贯地说了些三十年代一些名作家朱自清叶圣陶沈从文在中学里教语文，档次不一样。

她教过的一个学生上了大学之后打她的手机，说，老师，我在阳台上看浮士德，那一刻她很兴奋。

顶沮丧的是新来的校长看得紧，以前她们跟大学教师一样，都不坐班的。一位是娃娃脸，85 后，校团委副书记，女的，她说她是在一个大杂院长大的，我说大杂院落很好，小屁孩可以东家跑西家窜，她说差不多是这样，所以我的性格很开朗，我看见一个邻居家的女孩弹古筝，那么一拨拉一拨拉的挺好玩，回去我就在我们家那张钢丝床上弹，一拨拉一拨拉，好玩啵？后来我就学了古筝，很少有人学古筝的。

还有一位是英语老师，也是个女的，她印象最深的就是去美国的一年，她还跟希拉里一起拍了张照片，那时希拉里还不是国务卿，现在是了，所以学校里还把这张照片，放在陈列馆里。他们学校是名校，与国外的名人合影也多。

南南每个礼拜都要到瘪蛋家两次，这是瘪蛋安排的，都是晚上去。入室弟子还有一个女生，南南不认识，好像不是他们学校的。瘪蛋也不介绍，让他们各自坐在一处做功课，那个女生朝南南偷偷

驼　囊

笑了一下，南南出于礼貌，嘴角扯了一扯。

瘪蛋并不过问他们，自己在电脑上做事。房间里很安静。这种气氛也影响着他们两个。南南自己看书，遇到有不懂的，就去问瘪蛋。瘪蛋丢下手上的活儿，做一些解答，问他懂了没有，南南抓挠了一下头皮，抱歉地说，你的语速，太快，瘪蛋就把语速放慢了一点，直至南南点点头，说懂了，他才又回到屏幕上全神专注地做事。

南南其实是没有完全的懂，他晓得自己的底子差，但不好意思再烦他。南南觉得这个人挺严肃的，一直坐在那儿注视电脑屏幕，沉思状，时而按动鼠标敲击键盘，几个小时下来，也不休息，像个搞什么研究的学者，他并没有见过学者，就这么想当然地给瘪蛋冠这个名词，这当然是有相当尊敬的意味。

学者对于南南来说，是些完全不搭界的人物。是不是都是这么吭哧吭哧只顾干活呢。人如果一直这么累，怎么受得了。何必。他见过那些学者图片，那些个人肖像的，也注意了一下瘪蛋，这个人在气质上是有一点像。他看的是瘪蛋的侧面，还有背影。看到那不对称肩胛和隆起的脊背。那一坨随着呼吸在微小起伏。他想到老爸的两颊不怎么对称，还有他自己，也获得了遗传，爷爷好像就有一点。这个人的脊背不对称，是不是也是遗传的呢。

南南一点没有想当学者的欲望，妈妈为了他借读一年，交给通中一万五千块钱，他便也把想玩的心思收敛，心用到功课上来。

倪院士声誉日隆。

本来嘛，年纪又轻，专家兼行政，两方面都强，上行是眼见的，这也是喻大人潜伏爪牙忍受的原因，倪院士迟早是要升上去，

位子就自然而然腾出来了。当然一天不到手,心里总是不踏实,各种各样的变数。倪院士的声誉隆到省厅来调他到金陵大学附中去当校长,这是大家万万没有想到的。江北的学校跟江南的那些大城市的学校一比,校长们都有自卑感,无论什么条件都不如人家,矮人家一大截。省厅却不这么看,各有所长,江北的学校学风更细致扎实一些,骐骥一跃,不能十步,驽马十驾,功在不舍,江南江北适当地交流一下,主要是江北的一些尖子校长到江南来,可以把一些好的学风带到江南来,当然他们自己也会有所汲取,提高。

倪院士自己心里有点压力,他跟省厅提出来,人生地不熟,能不能让他带个助手过去。省厅说,这些都考虑过了,有安排,派去了一个管人事的副校长,都跟他交代了,他的任务,就是配合你,全力支持你工作。厅长当你的后台老板,你还有什么好顾虑的。

倪院士走时,对于他的继任者,推荐了喻大人,喻大人也总算出了头。交接时,县委组织部长和教育局长都来了,开了个会,两人微笑握手,对住镜头摆了个 pose。喻大人心里并不怎么爽,文件在他的校长前面,还加了个代字。在代字去掉之前,他还得夹紧一点尾巴。心灵上还得再炼几天狱。

倪院士初到金陵,金大附中原班人马当中的常务副校长陪他在校园里转了一遭。他是头一次来,以前没来过,只知道是本省四大名校之一,名气挺大的,眼睛长在额角上,动辄国际名校加盟。本部还在老校区。大门是民国遗物,设计上有一点抄袭圣彼得大教堂那个弧形回廊的意思,截取了一小段。里面有不少建筑是比较新的,老的新的,犬牙交错,有点不配套,而且逼仄,显挤。

倪院士在看的时候,会时不时地拿通中那个老校区比,觉得通中老校区还是有特色的,疏朗大气,至少不输附中这个老校区。但

看到校园里这儿那儿地出现国家级、在世界上也有影响的名人全身或半身雕像，就感到通中大不如以前了，心里酸酸的，泛上一股子醋意。

陪同的副校长如数家珍：附中出了两个文学巨匠，一个全国人大副委员长，两个全国政协副主席，二十八个两院院士。

倪院士说，通灵县中还出过一个上将，一个中将。

副校长晓得这个新来的校长，江北佬，要为他原来蹲过的那个学校争一点面子，心想，什么上将中将的，又不是西点军校。通灵县中历史上曾跟随共产党转移，芦苇荡办校。后来据喻大人搜罗考证，通灵县中也是百年老校，清末就办学堂了。

偶是地地道道的通灵人氏，不像瘪蛋，他填籍贯如果不按母系算的话，就应当填湖北。不晓得他填表时填的什么，他带着一大帮子人去湖北云梦寻根时，那边的人将了他一军，你们弟兄五个怎么没有一个跟你老子姓的。唐僧到现在还脱不了北方口音。喻大人也是地地道道的通灵人，不过他有一个特别，就是他是在堤东出生的，在堤西长大。

这条堤在六百多年前是海堤，这堤本来是人跟海划的一道界线，意思是你狠，偶斗不过你，只有防着你，你不到偶这边来，偶也不到你那边去。但这条界渐渐失去意义，堤东的那一片地神奇地从海里拱起来，有一只比海更厉害的手，海没法子，退缩下去有一百二十华里。

这片滩涂，以前没有人烟，只有发配到这儿的囚犯，支起一眼一眼灶来煎盐。这些皮肤被晒被熏被渍过的盐丁，蓬头垢面，活像是从地狱里放出来的一群厉鬼，是偶们的祖先。

他们流放到这儿，并不孤单，这儿有各种美妙的声音，只会使他们愉快，不会伤害他们。但他们习性难改，继续作案，除人之外的这片纯自然最终被打破了，本来这儿是浑黄但清洁的海，滑溜的滩涂，在滩涂上到处长着不怕潮淹的鲜艳如血滴子的盐蒿，在浅浅海水里各式各样自由自在游弋的生灵，几万年一直如此，现在结晶出一坨一坨雪白的盐，这盐就是祖先的活动产生的，它叫作生产。它不甘与其他的物种，成为这个大自然的一个分子，它分化出去，成为一个对立面。他要成为他，而不是它。

　　在自民国始的近百年里，人们开始试试自己的野心和统治力，先是废盐刈草，后来摸索出引水淋碱，大种绿肥改良土壤的办法，碱土渐成沃土，不但能长玉米长棉花，也能长西瓜，长梨树，西瓜和梨都甜津津，这很奇。西瓜还是驰名品牌。到了炎夏，从申城到金陵，到处可见卖瓜的小贩吆喝，通灵西瓜唷，假一罚十。偶听了就想笑，因为十个西瓜当中可能都没有一个是真正的通灵产的。

　　但那么阔的一大片地就是不能长水稻，有个军代表想试验旱改水，结果贮了水就滋溜没了。这跟堤西完全不一样，那一片是黏土，下雨之后，水渗不下去，你在田埂上走，那烂泥糊在你鞋上越糊越厚，越厚就越重，重得跟戴了镣似的。

　　就以这道废弛了的堤为界，堤西那边是水乡，伪江南。人的皮肤细，心性细巧。不像堤东的人，沙土，空旷，从海上吹来的风是咸的，含着盐分，影响着他们的骨骼心气。这也真有点吊诡，就隔着一道堤。那老堤在堤脚下往上看不低，如果在高空看，是一道不易察觉的隆起，或者说是一条绵延几百华里的皱纹，而且那道堤早就没有了，抹平了，与大地相齐，人们会利用，堤基上面筑了一条国道，穿过通灵县城。

驼 囊

现在地貌改得更大了，语言也在消逝，诸如偶所知的一些方言，还有童谣，都在民间消失，月亮不叫月亮，叫腊月子，偶们的父母就这么叫，现在已经没有人这么叫了。

现在大家都叫月亮，月亮是世界语。

某天偶一时兴起，叫两岁的女儿学那时的童谣，谣曰，秋么糖，拗么糖，送偶格宝宝上学堂，学堂好，架苹果，苹果香，架生姜，生姜辣，架宝塔，宝塔高，架大刀，大刀快，好切菜，菜又嫩，好点灯，灯不亮，架和尚，和尚不会挑水，架小鬼，小鬼不会踏车（叉），一踏仰拉巴。小女很快就会了，但错了两处，一处是架小鬼说成架喜喜，一处是仰拉巴说成仰巴巴。

再过了两年，偶问她，她已经一点都记不得，偶提示，她也记不起来，看来这谣要没了，就跟鲥鱼江刀一样。还有辣春的，老奶奶尿尿滴答滴答，大姑娘尿尿哗啦哗啦。这个偶没有教。毛毛雨儿变变天，两个姑娘上草埝，一头跑一头摇，遇到两个促狭佬（牢）。

民间的事情就这些，男呀女的。大胡子说人类的基本活动吃喝住穿，还漏了这一大项。堤东的女儿，嫁到堤西来，生了个白白胖儿子，在水乡长大，在恢复高考的第二个年头，考上了师院，后来分配到通中，这就是喻大人。偶跟喻大人也熟，看他既像堤西人又不完全地像，可能就是因为他的血质有沙土和盐分的基因吧。

喻大人过了一年不怎么好受的日子，不仅仅是因为他的校长前面有个代字，还因为倪院士一下子像腾云驾雾似的，提到金陵中学去当校长，因此，通中好长时间都处于"后倪院士时代"。一开始，他自己心理上就还没有觉醒，没有成熟。尽管他少有大志，很崇拜毛主席，还特地去过韶山冲，寻迹蹑踪。

在大家都在怀念倪院士的时候，他也很怀念，并且说，我在工

作上也帮他出了不少的点子呀。这是表示认同。在部署方方面面工作的时候，一再地提高声音。倪院士定下来的大局，我们不能随便动，倪院士未做的一些事情，我们还继续去做。

他说明他也是活跃的新思维，把语文的一节课，就是教师不再讲，语文用不着讲那么多，挪到学校的阅览室去，让学生自习，自己看杂志看书。这也是他姿态的一次亮相，他是赞同教改的。

而教育局也想趁喻大人刚刚履新，把通中这匹独往独来惯了的马，上鞍子，戴嚼子。

喻大人的生肖属马，他脸略有一点长，但非马脸。

资历嫩，还不宜抗上。没去掉那个代字之前，什么事，他只好忍着点儿，马虎着点儿，含混着点儿，鞍子就放，嚼子就戴吧，但心里难受，常常醉得迷糊了，两颊酡红，嘴里喷出一团团酒气。

有一次县人大来了几个副主任，都是县里元老级的，从一线刚刚退到二线，为他们的驾驶员说项，驾驶员的子女上通中，想比照教育局机关的职工子女待遇，象征性地缴几个钱，喻大人的眼睑在镜片后面疲惫地闭了两秒钟。

元老们当然都察觉到了，大为光火，倘若他们不是退到二线，喻大人还敢对他们这么傲慢吗？他们几个伙着来，就是一加一再加一等于三的意思，结果三个臭皮匠还是不顶一个诸葛亮。喻大人其实并不是怠慢，是真的疲惫，照顾的范围再扩到人大的驾驶员，那么，政府，还有县委，还有政协的驾驶员怎么办，他脱口说出：

"得算一算，教室里还能不能挤得下。"

就这一句话，开罪了三大元老，脸上的气色不大对头了，眼珠子开始朝外突兀，喻大人忙把话拉回来说：

"就是再挤，三位老领导的事也得优先安排。"优先两个字，特

地顿挫了一下。元老们的脸还是挂着霜。喻大人旋即把语调昂扬上去，保证！当政治任务完成。这个当政治任务完成，是喻大人急中生智，灵感上来，说得最出彩的一句话，元老们这才绽出笑意，问了一下通中最近的情况，勉励了他几句。

把三大元老送走之后，喻大人嘘了口气，倪院士在这儿的时候，好像没有这档子事，直接拿他当软柿子捏了。

通中的校长虽然官儿不大，就因为是通灵县仅此一家的独大名校，平时对于局里的副局长都是敷衍的，县里领导也就认老大，这样才能把些方方面面摆平。

喻大人还没有到这一步，不仅仅是个代字没去掉，所以日子不大舒坦。

第十五章　噪音

　　倍儿是个发明家，一个了不起的发明，就是刺耳的高分贝噪音。每当我和阿黄对她的唠叨不理会，只顾我们之间说话的时候，她就开始施放噪音进行干扰，不让我们说下去。

　　开始我们不理睬，照常说我们的。于是她就放大了音量，声带跟不知什么部位的不规则摩擦，终于获得成功，使我们说不下去了，狗权神圣不可侵犯！从此她也就有了对付我们的利器。你们只顾说话，不理我，好，那就看我的厉害。有时我也想模仿，但模仿不起来，模仿不出那种让你神经受不了的尖利。

　　我们一家子乘火车，坐的车厢是临时加挂的卧铺改硬座，七八个人挤在一个空间里，倍儿在跟阿黄叽叽呱呱，阿黄的手机响了，在阿黄跟人家说话的时候，倍儿发出了一声长长的特别刺耳的噪音，以示抗议。这噪声，像个小核弹一炸。空间里的旅客愕然，有几个嘟哝，不满，还有一个人把愤怒的目光投过来，阿黄敲了倍儿

驼　囊

一下，说我纵容，还笑。

　　我笑了吗？我都没来得及反应过来呢。

　　这些日子，喻大人一直有点烦，他是拿倪院士在这儿的时候比较，学校的管理有一点松，有些涣散。他隐隐感觉到危机，不镇一镇的话，茶壶风波就会成为水漫金山，最终雷峰塔倒掉，妖魔鬼怪都会出来。

　　恰好后勤上出了件事，进了一批电脑桌，大家你一言我一语，教师的备课笔记，输出用纸，都没处放，而且颜色是白的，刺眼，不是那种哑光的。因为电脑桌是分给各个人的，波及面大，也就嚷嚷，一句半句的不断地钻到喻大人耳朵里。喻大人火了，就去找那个负责后勤的副校长，那个副校长正在一个大办公室里，跟些男男女女七七八八说笑要子。喻大人一点前兆一点铺垫都没有，指着一台电脑桌，就直接地劈头盖脸地训斥他，把这样的垃圾买回来，眼睛长哪儿了，掉裤裆里啦。你给我统统退回去！

　　当着这么多的人，那个副校长一下子闹了个大红脸。训词里面还夹了一句粗话。喻大人自当了这个代校长之后，一直很绵羊的，不想突然变身貔貅。

　　这训词是喻大人的堤东宣言。

　　喻大人的母里在堤东，他是堤东血质，堤东是与大海为邻的。

　　叫那个副校长退货，倒不是有预谋的，但既然话说出了口，也就索性横下去，一定要退货，非退不可。喻大人说，现在是买方市场，不是我们求他们，是他们求我们。喻大人说得很对，那一家厂子乖乖地把些电脑桌弄走了，又重做了一批送来。

　　后来有一阵子喻大人就跟得了魔怔似的，见一个熊一个，但从

来不熊瘪蛋，这说明他神经系统并没有出错，是精密的，熊的是那些消极怠工的，不好好干的。

瘪蛋虽然被目为倪院士的肱股之臣，但他自己一直注意，不要搞得那么近，搞出个什么"物理帮"，有什么事，先请示分管的副校长，由副校长再去向倪院士回报，很少越级，这搞得像一部无生命无感情的刻板运作的机器，他的意思很明白：我不靠任何私人，我是靠自己的工作吃饭。他没有无话不谈的朋友，也没有处得不好，关系很僵的人。

惟其如此，喻大人虽然不怎么喜欢他，但还是有几分尊重他。况且，喻大人是要用他的，因为，业务上瘪蛋是个全才，兴趣宽泛得很，无论哪门学科他还都能说出一点子丑寅卯。而喻大人除了语文，其他的都不怎么靠谱，尤其是理科。他也受"文革"那几年影响，中学阶段没有学到什么。

喻大人在酝酿着要跟他谈一次话，他晓得瘪蛋是头倔驴，不要搞僵了。喻大人脑子里转的还是升学率，他在官场上又没有什么后台，不就要靠他自己筚路蓝缕，拿出硬道理来，通中要想在社会上有位置，就得靠这个"率"，舍此别无出路，说其他的都是些空话。

教改他倒也不反对，他是文人底子，还就喜欢水润，喜欢灵性，喜欢一点浪漫气息，但不能浪漫到冲击升学率。所以，他找瘪蛋就是谈两件事，一是星期六还是不上课，这是不会动摇的，但能不能把学生集中到学校里自习，二是瘪蛋负责的那两个班，能不能叫强化班，不要叫实验班。

通中的教改已经见了成效，社会上各个方面都看到，也是评价不低的，现在到了强化的阶段，强化并不是不要实验了，而是对实验地进一步提升。喻大人在说服瘪蛋，把实验班的名字改成强化班。

驼囊

瘪蛋不赞成，说，现在叫强化班的多呢，还就是实验班是我们通中的特点。

喻大人说，实验班总给人有一种不成熟不稳定，还在摸索的感觉。

瘪蛋笑道，我们不就是要的这种感觉嘛。高考到现在都不定型。

瘪蛋也有数，喻大人现在一门心思在升学率上，但既然征求他的意见，他还得照直说，这不是改不改名字的事，而是在思想上可能会引起一些混乱。

至于那个星期六学生到校自习的问题，他也不是很赞同的，但喻大人说的学生在校外会被家长驱使着去乱七八糟地补课，也是个实际情况，不如在校集中自习的效果，但他向喻大人提出，教务处有权检查督促，防止教师见缝插针，变相上课，喻大人说，是得派几个戴袖章的宪兵。

这样，瘪蛋守住了底线，也做了一些让步。现在星期六不上课这面旗帜，已经不是迎风高高飘扬了，而是耷拉着。

喻大人也不开心，但没法子。瘪蛋几乎跟他打了个对折。虽然他思想有准备，准备这之间放点妥协。现在他的副手，还有中层们，不少人在消极怠工，就瘪蛋一实干家，而且是多面手。

喻大人现在决意在升学率上跃一跃拼一拼了，县里上上下下方方面面听到的反映，都是支持的，是得人心的，这使喻大人爽，他的眼光是准的，决策是对的，打鼓打在了鼓心，牵牛牵在了牛鼻子上。也有人到局里反映，说喻大人动不动就骂人，作风粗暴。

局长听了虽然觉得不怎么好，有辱斯文，霸气外露，七匹狼男装，但转念一想，有点霸气，作风硬，也是好事，人性有弱点呀，贱，有时就得这么整治，反而行，尤其是倪院士调走，通中出现了

167

一些涣散的情况。

升学率如果真的摔了下来，局长的日子也不大好过，上面要跟他雷鸣电闪下冰雹了。所以通中召开的争先创优动员大会，教育局的一把手局长也来了，对通中的新举措感到鼓舞，表示倾力支持，当好后勤。

喻大人不取倪院士的怀柔，太极拳，而是刚柔兼济，恩威并施。首先把校训"育人为本"，改为"共创辉煌"，宣布不但学生要成才，教师也要提前达小康，许诺三年内让每个教师都能有私家车。除了对中等生加强训练之外，还要对尖子生精加工。重奖高考成绩优秀的班主任和任课老师。对学生也进行了励志动员，可怜天下父母心，怎么样才能得起父母，报效自己的父母，一说到父母省吃俭用，含辛茹苦，许多学生都流下了眼泪，一定要考上大学，而且是好的大学，名牌大学！

瘪蛋很忧心地跟实验班的教师说，我们现在是在走钢丝，一方面是高考这个关不能不过，一方面我们还得顾及其他的，除了分数之外的种种。这根钢丝不好走呀。

让学生还有老师能够多一些休息和活动，做做操，活得人道些，是瘪蛋一直在做的。这些在拼高考的时候，常常被挤。

现在的教育反人道，他曾经跟偶这么说过，教育害人！

偶立即问道，怎么个害法？

他有点噎住，说，怎么个害法，我倒一下子说不出个什么。

偶笑道，说滑溜嘴了，害人的事情肯定是有，无处不在，无孔不入，就是还没出骇人事件，所以你说不出。

在教务处他自己提出来，分管体育组、艺术组，还有劳技组，他认为这些学科对学生未来生活的质量影响极大，至要。

　　瘪蛋负责的两个实验班，本来是他兼一个班班主任的，兼了一轮，从高一到高三，下面的一轮就交给小虹姐当。在瘪蛋兼班主任的时候，他把学生弄到操场上按个子高矮排队，然后按高矮确定座位，到了小虹姐手上，也还是这么做。小虹姐接手之后，高一也顺当，到了高二就碰上一件麻烦事。有个成绩不好的女生通过关系找到学校，座位要调换，换一个成绩好的女生跟她坐。这倒也罢了，竟然提出要求，周围都要安排成绩好的学生环绕。

　　小虹姐乍一听，不敢相信自己的耳朵，有这么提要求的吗？是天王老子吗？找她的是个教务处刚提上来的副主任，说他也不清楚，是一个副校长让他捎话的。

　　小虹姐摇摇头，说，不行不行，像这么无理要求的，我连配一个优生给她，情绪上都别扭。

　　这个副主任刚走，小虹姐刚到通中时带她的老师就来找她，两人感情很好的，也是说的这件事，小虹姐正好要问个情况，那个老师不知，说的也是那个副校长找她，叫她做一下小虹姐的工作。小虹姐说，我没有工作好做呀，我就是想问个情况。

　　副校长就自己找她了。说，架子不小呀，我请了两个人来，都没有说得动你。这个副校长是个三副。小虹姐说，我哪儿敢呀，我就是问个情况。副校长说，问什么情况呀，不就是个调位子的事。小虹姐说，她这个要求太特别了，听都没听说过。那个副校长沉默了片刻，挥一挥手，让小虹姐走了。

　　小虹姐弄不明白什么意思，是这事情就拉倒呢，还是另外有些什么隐情，不便说的。

　　这一夜她给孩子换了一次尿垫之后，就再也没有睡得着。

第十六章 轮回

　　林长邀我一起去看看对弥留的人进行助念，我去看，因为我没有见过。专门有个房间，处于弥留的人就躺在中央的一张床上，周围都是些信佛的人们团团坐着，不停地念阿弥陀佛阿弥陀佛。我找了个空着的座位坐下来，默默地注视那个躺着的弥留者，两颊塌陷，睫毛僵硬，已经感觉不出一丝一毫生命的气息。周围的人仍然捻着佛珠在念。我悄悄地退了出来。

　　我已经不再去想肉体和灵魂分离的问题，以及灵魂藏于松果体之类，这些问题古老而乏味。有的人还把它当新鲜话来说。佛教不认为人类是从猴子进化过来的，人本来是生活在光音天，不是靠声音，而是靠光来交流，后来贪吃，吃了地球上的泥土，身体变得沉重了，只好留在地球上了。这个传说，我还是第一次听说，是林长说给我听的，当然也不是他发明的，他是一个虔诚的布道者。

　　我跟林长说，我不相信佛教的六道轮回，因为它太具体，太实

指了。林长说，你没有见过的，没有经验过的，不能就一口否定。我想了一想，说，这倒也是。林长又说，你是不是感觉到万事万物的运转，是一个圆？我心里一动，有一点透出些亮的感觉。我觉得我退了一步，又进了一步。也没有再向前行，止于此。

　　第二天上午小虹姐到了学校之后，有人转告她，常务副校长叫她到他办公室来一下。小虹姐去了，一副很客气，泡了杯茶给她，聊了几句，转入正题之后，说，我是受喻校长委托，跟你谈一下那个调位子的事情。小虹姐说，谈什么呀，我同意。一副笑道，思想通了？小虹姐说，有什么通不通的，你们校长说了算呗。这么说着，泪水就涌出来了，掏出手帕擦拭。一副说，有些情况，考虑到缩小影响，就暂时没有跟你讲，喻校长说，全不讲不好，搞不清是公事私事，这是上面交代下来的，要顾全大局。

　　小虹姐从一副那儿出来之后，一个人坐在办公室里抹眼泪，瘪蛋瞥见，问是怎么回事，小虹姐就把"座位门"大致说了一下，不仅是调一下座位，还要周围都是成绩好的学生环绕，是上面交代下来的，顾全大局。

　　瘪蛋听着，脸色沉下来了，嘟哝了两个字："荒唐。"

　　径自去找喻大人了。

　　瘪蛋心情坏，说话就冲，本来嗓门就大，怎么向学生交代？叫教师怎么做人？

　　喻大人说，你别急嘛，你先把情况听清楚了好不好，我们都是搞教育的，你说的我懂，我说的你也应当懂。我叫他们去说清楚了，就这个意思，这不是谁私下里囿的腰眼里揣的，是上面交代下来的。

喻大人跟瘪蛋交了这个"上面"的底，是县委刚来的一把手，姓隋，这个想调位子的女生的父母是普通老百姓，但有个亲戚在北京，是个专家，这个专家帮助县里做一个惠民的大工程，通到县里一把手隋书记。专家说了座位的事，隋书记说，小事情嘛，周围都坐上好学生。这话就从这儿来的。

瘪蛋说，他这是激情表态，不晓得给一个小小的班主任出了个大大的难题。

喻大人见瘪蛋情绪也平静了些，心想，学校的一些大事情，你都参加意见的，我们需要优质生源，好的师资，这些都要出台特殊政策，跟外地的一些名校才有竞争力，一旦隋书记不高兴了，这些计划都泡汤。

喻大人机智地把球踢给瘪蛋了，你看该怎么办。

瘪蛋想了一下，说，尽量的，不要在学生当中造成不好的影响。

喻大人想，等于什么屁都没放，便说，你的意见是对的，这件事情交给他们几个去合计合计，我们还是议一下参加省里数学竞赛的事。通中有好几年榜上无名了，纵有，也是个区区三等奖，这事情也压力不小呀。

后来倒是小虹姐去认真地开动脑筋，巧思，反正她是班主任，座位的安排，还粘在她身上。她想，要动，就不能单动这一处，动上那么四五处，就不那么扎眼了。这个女生后来被好成绩的学生环绕之后，自己的成绩，并没有上得去，反而心理上落下个毛病，老是疑心人家说她些什么，其实没有人说她什么，知道内情的几个人都是守口如瓶的。后来，她自己提出来，要求重新调了一个班，不在小虹姐班上了。"座位门"也就整个地烟消云散了。

驼　囊

　　分数，自恢复高考始，越来越热，成为教育上的一个空前的热词，直至后来，在通中，有一个叫瘪蛋的小个子，对着这个潮流说，没必要追求高分，有了85分就可以了。乍一听如醍醐灌顶，细细一想，不靠谱呀。瘪蛋也不管别人怎么想，只做自己的实验，第一年他教的这个班的物理，均分要比同轨低十几分。

　　只从分数上去看，无疑是一个口感有点涩的僵梨。

　　倘若换一个角度，这一结果和他所主张的，恰恰是锅膛配锅盖。他本来就是要跟现实来一个反的。

　　但人们一点不怀疑他的能力，他是按照他的互动式和产生式的新法子去耙地的，总得摸索上几次才能够对上榫，这仅仅是开了个头，高一上面还有高二，高二上面还有高三阶段的总复习。家长虽然不安，但还没有失去期望。要晓得，家长们都是冲着他是个传奇人物，他的作风纯粹，口碑良好，他不单是本校也是本土唯一的理科特级教师，这么几点，还是想方设法把孩子弄到他班上来，能受他教育是件不容易的事，是人人都想的香饽饽。

　　四年下来，风水变了，上百位家长，联名写信给县政府，强烈要求瘪蛋不要再教他们小孩的物理课，这个教师不负责任，把他们的孩子当试验品，是在害学生。信上列举了瘪蛋语录，如：把够不到上大学的学生，通过题海战术硬是弄上大学，是对大学不负责任；列举了瘪蛋历年来教物理，考试均分一直都低于同轨的老师，少则几分，多则十几分。县长了解了一下，信里所反映的，大部分都是事实。喻大人帮他讲话，说，分数的问题，瘪蛋虽然肚里有货，但缺少教学实践，只教了四年多一点书，在教研室的经历长。差十几分，也就是刚开始的那一年。经过努力，他教的这个实验班，均分跟尖子班老师并非所有的同轨老师相比，差距已大大缩小，缩小到 1 至 5 分。并且因个人性格偏于严肃，学生把他当爷爷辈，不如其他老师，尤其是年轻女教师跟学生的亲和力。这一段话，是喻大人现编现凑，还挺逻辑的，像是这么回事。事实上瘪蛋在到通中之前，在种子场、电大教过课，到了教研室之后也在一个非重点校兼过一个班的课，连同在通中，累计教龄将近十年。喻大人要帮瘪蛋辩护，教龄当然就往少里去说，晓得县长一听了之，不可能去核对。

县长听到差距已经缩小，倒也罢了，但还是对那几句话有看法，怎么这样地讲话？把教师的辛苦，学生的用功，一概都否定了，是在蒙混过关，是在坑高校，不但是家长听了反感，我听了都不入耳，不能接受。

喻大人说，这也是前几年的话，现在已经不再说了。

县长说，你替我捎个口信给他，我再听到这样的话，就要当面请教他了，怎么叫对高校不负责任。

喻大人说，县长放心，这是几年前的话，现在早就不说了，我马上就找他谈话，家长的工作也由我来做，保证太太平平，不再生出些事情来骚扰您。

喻大人有数得很，县长的这个口信绝对不能捎，瘪蛋是头倔驴，用不着县长找他，他能真的就去找县长，他讲这句话犯了什么律条，有什么不能讲，讲不得的。

倒是几个写信的家长，喻大人要把他们找来教育教育，就找几个挑头的。别睃着人多，还不就是几个人串联的。不写这封信，倒有可能个别处理，现在搞得面大了，影响大了，人多了，反而不好办，不能办。这几个鸟人，他们自己把自己的门子堵了。而且，通中也不允许放这样的例子，对任课教师不满意，就去找县长，县长

一放话，我就跟个机器人似的，把这个教师换掉。这种想法太天真了。你们就不想想，你们的小孩还在不在我这儿读书。

自己拉的屎，自己去擦！喻大人有信心摆平他们。

偶从来没有听到过瘪蛋在公开场合的讲话，更不要说是讲课。如果有机会，偶是会去听的，偶好奇。偶听过老匹的数学课，满足了好奇之后，偶就抽身离去。老匹想听偶的评价，偶说，就是平淡了点儿。老匹说，我不喜欢那么夸张的，我是冷幽默。老匹也捎带评价了一下瘪蛋的物理课，说是"大嗓门"。

大嗓门是一种并不坏的评价，其一，可以把声音传送到教室的每一个角落。偶有体会的，上高中的时候，由于个子高，坐在最后一排，老师如果声音小了，偶会听得模糊；其二，一堂课都这么大嗓门地讲下来，那要耗费多少元气，可见教者的传道授业解惑之诚。

对瘪蛋的物理课，说三道四的不多。偶只听到唯一的贬的，说他的讲课像一把锯齿在锯，偶大诧，追问，他又说，这是回忆的印象，并不是在当场听的时候，而且，是听他的电脑知识讲座。后来偶没有再问这人，也不想再问，因为偶是经常听瘪蛋说话的，并无"锯齿"感，但那人也不至瞎说，推想那次可能扁桃体发炎，导致嗓音嘶哑。偶这个推想，可能就是实际情况。

一直说三道四的，是他的物理课的考试均分，从来没有比同轨的教师高过。

这有点奇怪，偶感觉出他有一点尴尬，虽然他对分数持超然的态度，甚至他就是一个拘分数小命的阎罗，如果不是有毛的那些前车之鉴的话。

但分数毕竟是一个普世公认的尺度，它有缺陷，在可见的未

来，还看不到什么更能合理替代的其他尺度。

何况瘪蛋的所谓教育实验，为了有人参与，也从没有脱离过以高考为目的的框架。他是在改良，走中间路线。所以，他还得接受公众对他分数的质询。

偶曾经对他的"分数门"做过几次温善尖锐的询问。

偶问，分数怎么会有这么大的差距？

他说，这些平时的考试是不能说明问题的。

意思是说学校里自己出的卷子水准低，不能太当回事，这话偶也能理解，尽管这话已经是一概抹杀了内部考试。

那么逢到大考，也就是全国统考的情况怎么样呢。很自然的，偶要问到高考。

高考只差 2 至 5 分，均分。他先是这么说，声音有一点低沉。后来又说，分值有点记不清了。

这么地理了一下，他还是教课的效果从分数上看，比不过人家。

偶晓得，接受这么一个结论，他是非常痛苦的，他不能接受。

后来在细雨蒙蒙中，偶们坐到金陵的一家茶社，又聊到这个分数门。

他倒没有嫌偶烦，愿意跟偶说。

他说，有时一道题，讲过与没讲过，就相差多少分，尤其是难题。

偶没听清，他又重复了一下："见过没见过讲过没讲过，是不一样的。"

"讲过与没讲过"这个词组钻到偶脑子里来了，起了一个激活的效应。嗯，偶想起来了，以前学校的小考，都是同轨的教师一起商量着出卷子的。

第十七章　看不下去的书

　　你看过资本论三卷，但许多专门研究经济学，吃这碗饭的，对于他们来说，是必读本。不过，你一个高中生，一个少年，能啃这样大部头的书，真是很不简单的，说明你的求道之诚。我看过你当年所写的两本笔记，面子是红皮子塑料的，其中一本是县上山下乡知识青年代表大会发的。被用来记录你读资本论的感受，逐章逐节，很细。坦白地说，我没有你这样求道的心，不但资本论看不进去，就是红楼梦也没有看完。少年时代看红楼梦，是看贾宝玉初试云雨情，还有那个想凤姐心思的贾瑞。二十一二岁的时候，与一个搬运工不知怎么说到红楼梦，他说了一句硬邦邦的就要顶进去，并且做了个手势，我一惊，这是原汁原味的红楼梦里的话，但他没什么文化，可能只上了小学，是个做苦力的。后来我把红楼很认真地当回事来读，那是三十大几的时候，有个吃红学饭的朋友老是找我切磋，我细致读了才有屁放。这次是读出些味来，不是少年辰光专

挑黄的看。书里面的诗词很多，水准说不上高，常见的古代文人诗的水准，但切合人物，宝玉不可能写出秦观那样水准的词，黛玉的诗跟李清照也不能比，曹雪芹主要的也就是一位伟大的小说家，并非同时又兼伟大的诗人。你儿子有一次跟我聊，说他很喜欢里面的诗词，比唐人的诗对他有吸引。他很喜欢大观园里的生活，也想能参加海棠诗社。聊到香菱学诗，我说，难为曹雪芹，还为香菱做出三个层次。一片砧敲千里白，是从李白的长安一片月，万户捣衣声化出来的。还是唐诗有味，是本。他现在做游戏软件，想把红楼梦做成一个软件，但很难找到逻辑。我说，红楼梦是有逻辑的，披阅十载，可以说，就是一种合成。我看红楼梦，算是认真地看也不过看了六七十回，包括挑看的高鹗写的。我是说的大实话，我不装孙子。高鹗写得不赖，语感上几近乱真。没细看，嗅了一嗅。但张爱玲女士竟能在读到第八十一回时感到笔力大不如前。

偶上初二的时候，开始学平面几何，期中考试班上有四个100分，其中就有偶，偶有点小得意，教平几的老师在发卷子，小结的时候，脸上的气色很不好，用教棍一下一下敲击着黑板，这道题，还有这道题，差不多的意思，复习课上不都给你们讲过的，你们脑子搁哪儿去了？

这个回忆，印证了"讲过与没讲过"。

偶被导引到瘪蛋的陷阱里来。偶一边追忆，一边喃喃，老师是喜欢练题，自己出卷子更容易把类似的题暗示给学生。

瘪蛋沉默，不应偶的话。

你是不讲题的，偶自语。

瘪蛋沉默。

但在偶又说到缩小差距时，他冒出一句那是相当精彩的话：

"不是缩小差距，而是自然存在。"

偶是一头笨熊，当时没怎么反应过来，直至蹒跚回窝，再咀嚼时，才觉出它的妙味，太有才了，瘪蛋！

如果把"水分"一挤，瘪蛋的分数还要反超若干分。

不过，在逻辑上依然是有漏洞的。

偶对他这个"分数门"，在众目睽睽之下，从差十几分到差一两分，推想是经过努力的，不可能是一个无为的过程。这个曲线是否隐匿着他思想的变化，他是不是从原有的立场上后退了半步？这是偶所感兴趣的。

这个"半步"并不一定是坏事。

他很警觉，厉厉惕惕，像一匹孤独的狼，一触及他的一些基本理念，如着眼于学生的长远，就跟给梨树田填埋苔子，挖沟施厩肥一样，一些相比较现在通行的，显得空气清新得多的教学法，如"产生式课堂"。

他给偶的一个电子邮件写道，教学生我从来不喜欢教到底，尽管我自己可以喜欢讲许多，但多是不直接，不包办的。我从来不愿意考什么、讲什么、练什么。总是喜欢有变化、有区别，甚至不慎会搞出一两道错题来。家长找我参谋填高考志愿，也是要学生自己到场，与他讨论，让他自己分析信息，由他自己来提出愿望。有朋友送孩子来我这儿开小灶，我要孩子自己提，然后再解答，或者带几份做好的答卷，让我看看。在解答过程中再顺藤摸瓜式地去挖出连带问题。但从来不会给这些孩子直接地再开什么课。而且，我的讲解，总是随时准备停下来不讲，总是希望能少讲则少讲，能不讲则不讲。

看了这段自白，偶的第一感是，家长们撵他没错。

家长都是猫论，无论有见识的没见识的，白猫黑猫，能逮到名牌大学就是好猫。

第十八章　穿越

　　喻大人在通中施了一段时候的政之后，还是感到不大爽，副手还有中层疲软，影响到他的执行力。喻大人终于想出一个妙招，实行乾坤大挪移，把教务处总务处还有什么处的权力，统统下放到年级去。由于扩招，现在年级已经很庞大了，一个年级由六个班扩到二十四个班，不是什么旅团，成了纵队和大野战军。喻大人以年级为单元，设三名年级长，一正两副，产生的途径是招聘。不讲资历，只凭实绩。这些新冒出来的年级长很兴奋，虎虎有生气，精气神都用在抓教学上。星期六的自习先是被高三的年级长采取渗透的战术，时不时地穿插安排上课，瘪蛋去干预，他们也不惧包黑子脸，游击战麻雀战，最终这道堤坝溃决，星期六堂而皇之地上起课来。

　　高三这么干，高一高二也仿效。星期六不上课的旗帜就这么悄然滑落了。

到了瘪蛋该上二线的时候，喻大人顺理成章地免去他的教务主任职务，实验班也就不了了之。什么教本课程，也都自然消亡。瘪蛋上了二线，就从通中消失。人到哪儿去了呢？帮他二弟去做农业生态规划了。

一年后，"小马哥"在异乡遇见了他。他问"小马哥"，对他搞的教育实验，有什么看法。"小马哥"想了想，说，黑格尔说过，存在即合理。瘪蛋说，最初传的黑格尔的话，不是这样的。后来海涅问过黑格尔，凡是现实的，都是合理的，这句话怎么理解？黑格尔更正，我说的，凡存在都是合理的。

后来，不断地有话传到瘪蛋耳朵里，说他是从乌托邦到乌托邦，说他一个特级教师，均分一直低于同轨，像话吗。毛主席一生做了两件事，瘪蛋也做了两件事，第一件是十亩梨树田，第二件就是教育实验。第一件是没有多少争议的，叽叽喳喳的少有，第二件有点希拉杯具，妈呀饿的么事忘。瘪蛋心里一憋气，尖刻的话也就冒出来了：

"现在的老师都是中等偏下的材质，才上师范院校的，轮到他们做教师的时候，就老马识途，自然而然地按照他们当年的学习模式，去教学生，一点也不奇怪。"

这是独到的思维及语言。

第十九章　波罗的海

从浦东机场起飞，终点是丹麦的哥本哈根。我畏寒，找了个靠近舷窗的位子，从舷窗外面射进来的阳光正正地照在心窝，感觉好多了，不再冷。阳光射进来的这个角度也不可能很快改变。从舷窗向下面看，云彩降低了，一朵朵云虚松地浮着，中间稀疏处可见大地。差不多应当是黄土高原吧。从荧屏上看也是，飞机就贴在一片棕黄颜色的上面，那是地图，飞机像小小玩具在上面很缓慢地移动。荧屏就嵌在前排的椅背上。

乌兰巴托。荧屏地图上显示出这四个字。地面是暗青色，无论是山脉还是河流，峡谷的河流弯弯曲曲得很厉害，像银线。飞了好久，还没飞离乌兰巴托。云更贴近地面了，看不到云影。河流如蟒。飞机高度可能降低了。有一瞬我完全忘却了我是在一个飞行体上，隔着双层玻璃。我的脸庞浮在河流上面，可以看到细密的波纹。飞行体又升高了。一块一块青色，这是外蒙草原。城市也可以

看到，没有什么密匝的高层建筑物，像白色骨牌的平房或小楼。应当还有蒙古包，没看到。后来飞机从圣彼得堡上空掠过时，却可以看到洋葱头的教堂金顶。

新西伯利亚。这是俄罗斯的一个城市名。源于新疆阿尔泰的鄂毕河就傍这个城市流过，鄂毕河新疆段叫额尔齐斯河，最终注入北冰洋。地图上显示飞机一头扎进了一大片厚得有些腻的绿里。此时我们却升得很高，机翼下的云彩全部融成一片稠密的云气，这云气蓝得很深，有点神秘的苍穹之间，有一条长且直的分界线。

太阳一直在机翼，强烈的晃眼，也就是一个点，或者说是一个光团，这个光团的中央是一轮小太阳，真有点担心它会把那一片烧熔了。不过，这种担心纯属多余。机翼一直稳定地浮着，平移，不动声色。让机舱里的人有安全感，无论风云变幻。翼下纺锤体的发动机涂以橘红。翼缘有十几根针，像缝衣针。翼尖折叠了一下又翘起，使我想起小时候玩的纸飞机。翼尖深蓝，像旗。

现在我所能看到的飞机的外部形状就只有机翼。

太阳终于从机翼上消失了，舷窗玻璃的上方出现一片冰晶花，成细致的枝杈状，最上方团着的部分有些凝定的水珠。不一会，冰晶花的周围也开始现出雾气，机翼和外面的云彩也开始不清楚。我以为这雾气将会布满整个舷窗，并且机舱内气温也会下降时，飞机却悄悄转了一点角度，太阳又在机翼上闪亮。冰晶花上部团着的那一片小水珠每一颗都闪烁着虹霓彩光，雾气开始收敛，消褪。下面的景物又可以看清了，我看见了——

波罗的海。蓝透了，像大水晶，这才是产美人鱼的海。当一艘小不点儿船在它中心割出一线雪白粉末似的极细浪花时，你才更感到它蓝得无瑕。围绕着的几个国家有丹麦、瑞典、芬兰。俄罗斯的

十月革命，支持它的就是波罗的海舰队的水兵，我们所熟知的阿芙乐尔巡洋舰的炮声。我还看过一部描写二战的长篇小说，题目《波罗的海的天空》，内容是写苏联红军在波罗的海上空与德军空战，也就是我们此时飞临的天空。

小说里的人物情节以及对波罗的海的描写，我都忘得一干二净。只记得个书名。这本书躺在各家图书馆的书库里可能会无人问津，也不会再版。安徒生写美人鱼的童话过一阵子就会再版一次，不知再版了多少次了。因为，波罗的海跟战争的联系，是一个不长的时间段。二战之前，波罗的海也有过刀来剑往，切里哐当，可能跟击剑运动员差不多，但那是来真的，专挑心脏那儿刺。

北欧海盗名气很响，是远古时候的事。现在斯堪的纳维亚半岛的几个国家以及丹麦人，虽然都是海盗的后裔，却一点戾气也没有，他们现在是以一种很有趣的态度看海盗时代。走进瑞典斯德哥尔摩市政大厅，导游把我们的视线向上面引，上面有什么呢，穹顶，说这是仿一艘倒扣的海盗船形状，一看，恩，还真是，一排排龙骨。老祖宗一千多年前就在倒扣的船下商量四出劫掠的事。现在议员们在下面按电钮投票。仿海盗成为一种时尚的风情，好玩。

可能是没有风的缘故，云彩下沉很低，低得就像一匹匹白骆驼，屈起前蹄，直接匍匐在蓝莹莹的海面上。

视线引向远处，海天模糊处却有些轻便的云，一列一列地在虚空中排着。倘若是宗白华，又会作何感想？他曾经把所看到的云分为汉朝的云、唐朝的云。那么，波罗的海上面的云，是不是可以分为古希腊的雕塑，和宗老自己的唯美诗行呢？

后来，偶跟他说，离开了社会的大环境和价值观念，单是教育

内部自己来改，怎么改也是改不起来的，一根竹篙难渡汪洋大海。他默然，偶感到他在注意听。他说，开始还是有效果的，那一年通中考取北大清华的有六个，实验班就占了三个。

瘪蛋也没有用强烈的语气去为他的实验申辩，这么说，评价体系显然还是在沿用旧的，中心点也还是落脚在升学率，教育实验弄得跟"小媳妇"差不多，得看高考的脸色。这很没劲。

这并不是他的初衷。

现在他像是掉进了盘丝洞，被蜘蛛精从肚脐里吐出来的亮晶晶的丝，左一道右一道的缠裹起来，绵软的无从发力。

偶老是在想这件事情，在曙色未现的薄暗里，千秋功罪，也许当"小媳妇"是对的，就只有当"小媳妇"，角色就是这么分配的。思想这么提顿了一下，睡意便一点一点褪去。还早，四野静寂。

小老太婆现在真的成了小老太婆了，脸上不化妆，本色，奔六十的人了，就是个大美人儿也挨不过杀猪刀。杀猪匠一刀捅向猪的心脏。这话很毒辣。不过对于小老太婆来说，没有这样的感觉。回忆往事，只感觉时光过得飞快。现在瘪蛋不再待在通中，她也就不在通中打工了。她在这儿也打了十多年的工，在电脑上输出试卷或是其他什么资料，她是在家里买的那台 PC 上练就五笔字形的，瘪蛋赞她的排版好。就这台 PC，现时最差的电脑也比它好很多，鸟枪火铳，那时却售价一万多，私人买这么贵的东西的很少有，按照币值计算，相当于现在的四五万人民币，在通灵是独领风骚。

鹌鹑蛋就因为玩电脑玩得早，参加省里的计算机比赛，还拿了个名次。这鸟枪火铳是通灵县的井冈山，通中的校园网是最早的，在中教系统。星星之火。后来也是最早在教室里用大屏幕的投影仪。善子也就是接触电脑接触得早，所以才能到通中混口饭吃，给她的工钱是一百七十块钱。偶听说了之后，脱口而出，这点钱太少了，买几个包子打狗都不够。善子也说太少，瘪蛋没吱声。

善子说，我在那儿是跟其他正式在册的是一样的上下班的，虽然不能够同岗同酬，也不能差距这么大。

偶有同感，说，这是剥削，倒跟鸭血粉丝的小老板差不多了。瘪蛋是不可能为她的加钱的事，去跟校长说的。

后来物价不停地上涨上涨，校长也就不停地给她加一点再加一点，加到一千出头，另外再接一些其他的活计，也增一点钱，现在跟着瘪蛋一起撤出通中，这份薪水也就丢了，没有了。善子想想，就埋怨那年恢复高考没有让她去考，落得后来厂子倒闭下岗，都是为了你们家，老的老小的小，你那份工资有我一半！瘪蛋说，好的，大半都是你的。

有时两人也吵架，但吵了几句之后，感情更好了。

一根绳上扣着的两个蚂蚱，谁也离不开谁。

要蹦跶，也只会是瘪蛋，贼心不死。眼下没有这个可能。如果有这个可能的话，他会有一大套一大套的理论，家庭，私有制，国家的起源。群婚制一夫多妻一夫一妻然后又一夫多妻一妻多夫。书本本上实在找不到的，就与时俱进。

年轻的时候都没戏，老了，还有戏吗。

资源倒有的是，现在他因为一个人做农业规划，常常地漏单在外，雷达监测不到。

不过，善子说过，有什么美女喜欢瘪蛋，我不干预。省得来黏我。

这个黏，说得有些含糊。善子还蛮古典的，有些话不能跟她

说，没准跟你翻脸。

瘪蛋依据社会存在决定社会意识的原理，用形式逻辑的方法，推演出善子之所以对爱没有积极性，根子就在她的成长史，一个幼龄女童，跟她睡在一张床上的亲爹死了，而且死相很武蛮，像是挣扎过，眼睛瞪得大大。她一点不晓得，到了天一明才知道，摸了他的身体，已经硬得像铁，凉得如冰。

这恐怖植在她潜意识里面，永远都忘不了的。还有，她的亲娘因为几亩田在土改的时候已经分给佃户，佃户心神不安，又背着人送了些稻谷给她，这事情就被定性为夺田倒租，给她老娘戴了顶地主分子的帽子。这帽子可像一个小木屋一般大的毒蘑菇，一家子人都活在它的阴影下，压迫得喘不过气来。瘪蛋到她家里，只觉得她娘的脸色阴着，常年的梅雨季，也不讲话。

这样一比，瘪蛋就感觉到自己的存在阳光多了。他虽然有个旧军官的父亲，但那个父亲远远的，像银河系的一粒星星。（在政治审查的冷漠目光里，那粒星一点也不远，血缘上近得很，是第一血亲。"文革"前夕，也就是他所说的教育范式，为了高考所做的政审结论里，他被厘定为限考对象，只能考一般专业。专业分三等，绝密，秘密，一般。也就是说，"文革"前的那次高考即使没有流产，无论瘪蛋考出多么高的分数，由于政审这个火烙的印记，还是只能填报师范农林类，报其他的无效。）

他是生活在公公以及母系的一帮子人的庇爱里，他要把自己的阳光分些给善子。这当然是在一道下放到一个生产队之后。他开始用心计的丝，去缠裹这个可怜的女孩。或者说，他是一只苍蝇，一只讨嫌的苍蝇，她一点爱的情绪都没有，他却绕着她嗡嗡嘤嘤。他一口咬定跟他有缘，不然的话，怎么会有这么多的凑巧。

驼 囊

一是巧在两个人做过对门邻居；

二是半拉子户，家里都有人在乡下；

三是巧在两个人最早打的下乡报告，在红卫兵们还在期待有什么好果子，对留城做工有幻想的时候；

四是巧在分到同一个公社同一个大队同一个生产队同一个大知青组。还有一个巧，就是善子不理他，避他，到一个他不知的地方，跟一个泥瓦匠后面打下手。

瘪蛋在国道上骑的自行车，从乡下到城里去有事的时候，有八十多华里的路，偏巧看到她从远远的一个学校格局的地方，拎了桶水泥浆出来，他大喜，把自行车向路边一撑，一边向她那儿猛奔，一边大喊她的名字，怕她再消失不见。你说说，这不是缘分，是什么呢。

春日的天空，跟小鱼吐泡泡似的，再往上升，氤氲出浮云朵朵，喻大人想起小的时候看着父亲和表哥在河里罱泥，也要上船去帮一把，表哥不要他上来，说上学辛苦，好容易放个假，是休息的。他硬是要上船去，表哥就把那罱泥的夹子递给他，然后教他怎么伸到河底去夹，他笨手笨脚的，好不容易夹起一包烂泥来，借着船帮的撬劲，把它弄出了水，一出了水，突兀的沉重无比，他怎么逞能也无法提起，表哥笑道，我说的，这不是你干的吧。他才晓得，这是怎样的一件力气活儿。父亲和表哥不一会儿就罱了一船的泥，然后把船撑到岸边，岸边有个做好的空泥塘，两个人仍在船上，一锹一锹地将泥甩到塘里去，全仗臂力，一点让不了档，取不了巧。

喻大人以后再也不嫌上学辛苦，上学的一点苦，比起罱泥算

189

得了什么。他是个懂事的孩子，晓得体恤父母。到了上中学的时候，就要出村，走上十几里路。那天他起来得晚了一点，太阳已经升高，路上有一段薄冰已经融化，他舍不得母亲给他千针万线纳的一双新棉鞋，犹豫了一下，把新棉鞋和袜子脱下来，赤着脚蹚水过去。

他跟所有的农家子弟一样，上学念书就是为了换户口本子，吃上皇粮，报效在田里在大太阳底下累了一辈子的父母。现在情况已经不同了，上学的成本大大增加，吃皇粮更难，有的人学到个初中就去做小生意，或是去打工，他也很赞同。不选择做小生意，不选择打工，坐到通中的教室里来，那就要准备苦读，不然的话，来这儿干什么。做父母的还花了不少钱。

教改他不是不懂，他的天性也是活跃的，内心也是充满着矛盾。他也想做一些调和，不要把学校整成奥斯维辛集中营，绞肉机。但一味地反对苦学，打倒苦学，他也就摇头了。很少有人没有读过从百草园到三味书屋，但究竟有多少人想过，迅哥儿虽说是天分很好，但那么厚笃的国学底子，难道真的是在百草园里玩叫天子玩斑蝥，就能玩出来的吗？

倘使鲁老还在，你问他，他很可能会不着调，秩秩斯干，幽幽南山。笑人齿缺曰狗窦大开。鲁老的毛笔字，也是写得很棒的，被沫若老追捧成融冶篆隶，直攀魏晋。还有，大家都一条声地说美式教育好，那么，请他们关注一下美国佬自己是怎么说的，奥巴马先生在弗吉利亚州阿灵顿威克菲尔德高中作"我们的教育，我们的未来"演讲，美国从幼儿园到12年级的孩子都在收听，他说到自己小的时候因为家境，没有足够的钱，送他去好一点的学校念书，奥妈妈就决定给他额外补一些课，开始于周一到周五的每天早上四点半。孩子们都是贪睡的，很多次，奥巴马就趴在厨房的桌子上睡着了，但是每一次他要抱怨的时候，妈妈就会看着他轻轻地说，这对我来说也不是什么享受，小家伙。

喻大人看到这儿，落泪了。

他心里的柔性弥漫开来，普天下父母的心，都是相通的。昔孟母，择邻处，跟现在的择校择班挑座位其实是差不多的意思，小孩还是不好好地学，贪玩，她气得断机杼。非如此不能振孩发聩。这个感动华夏几千年的孟妈妈，跟美利坚奥妈妈的柔性一比，直接就是个虎妈。中国教育史上的第一虎妈。有成果呀，教出一个跟孔子并列的大儒。成果是硬道理。

未觉池塘春草梦，阶前梧叶已秋声。这样惜阴的掌故，咱泱泱大国整装有一大缸。

自此，喻大人把自己起身的时间提前到四点半，以励志。

他现在起早贪黑，早自修晚自修到校巡视督促，这点苦也算不了什么。

他很低级地沿着回廊巡逻，见懈怠的就熊，也就是拧紧每一个螺丝。

以至他自己都感到有点神经质了。

对于教师的诚勉谈话，由他自己亲自来谈。他不说二话，果断地调出了几个教师。有个年轻教师，均分一直上不来，他也去听了课的，课堂秩序不好，有点乱，他跟教育局人事科衔接好了，这头从通中出，那头从实验初中进，千万不能放到乡下去。

他跟老匹也打了个招呼。老匹问，课堂秩序怎么会弄不好的？喻大人说，水平绝对没话讲的，就是爹妈给他生了个娃娃脸，学生有点欺他。到了实验校之后，老匹一看，还真的是一张稚气

的娃娃脸。

实验初中现在待遇也很好的，是个热门。喻大人这个人不坏，暴躁脾气豆腐心。

一日，喻大人在校内巡视，在经过教务处时，想到了瘪蛋，本来留他一留，也能的。这权在他手上，就说是工作需要，暂时没有合适的人接替。本来喻大人也有点犹豫，促使他下决心的，是参赛送礼的事，现在省里数学竞赛你要想多些机会，就得向那些出卷阅卷的人进贡呀，瘪蛋搅在里面打拦头板，说是这样竞赛完全变了味了，喻大人心里窜上一股子火，硬是压抑住，打了个哈欠。事情绕开他，叫另外的人给办了。

现在瘪蛋离开了，有个副手接替他的工作，喻大人拿两个人作比较。这个副手要比他听话多了。如果论知识面，办事效率的话，瘪蛋当然好一点儿，将缣来比素，新人不如故。

这当儿，高三的年级长来找他，说的是跟北大清华做招生的人交涉，争取保送名额，北大端出来的套餐，冷门居多，比如一些小语种，缅甸语，巴利语，这些冷门本来就不怎么好招，你来找他他就想占你的便宜。喻大人笑道，行大欺客呀，我们想碰瓷，人家一眼就看穿，怪不得人家，在这条航空母舰干的人都是些人精，狠角色。

你问问这几个学生，还有家长，主要的是家长，是个什么主意。年级长说，我问过了，情况不一，有的同意对方的条件，朝好处想，小语种有小语种的好处，物稀为贵。其他的几个要去参加高考，不信就不能考进这个门，学不成自己想要的专业。

喻大人再一问，想接受北大这个小语种保送条件的，是他最

看好的一个学生，不但是通中，在地区也是顶尖的，数一数二的。他感到吃了亏，一着躁，就熊人了，吃里爬外，怎么地把我们的底都兜给人家了。年级长笑道，别急，我是按你定下来的名单一五一十跟他们联系的，顶尖的两个不在这个名单上。喻大人这才松了口气。

年级长说，他老子赌钱手气好，说小语种咋的，没准能进大使馆，干外交官，吃香的喝辣的。

喻大人笑道，二五，昏了头，孩子的前途，能掷骰儿？人家不去的，他朝里面去跳。坑孩儿一辈子呀。

喻大人说，要去做这个家长的工作，稳住他。

高考跟候鸟似的，一到了炎夏就飞过来了。在通灵，它是伴随着梅雨的收敛，穿过残云，阳光像个硕大无朋的仓库哗啦啦地倾泻钢材，空气一下子燃纸能着，只有这样的气势，才配做高考的开场锣鼓。

成千上万考生，他们的老师、班主任、校长，他们的亲爸亲妈，爷爷奶奶，姨娘舅妈，那些为高考服务的交警刑警便衣，鸡刨食一样做着各式各样名目繁多生意的商家，那些到处嗅，不断爆出猛料的媒体，七旬翁第八百零九次莅考，某校升班马全体赤膊打点滴。分分秒秒地倒计时，大幕即将撕开。万人空巷，万人送考，乡村跳狮子，舞龙灯，城市打出各种祝福和励志的横幅标语。各式各样的啦啦队。到了铃声响了，考生进了考场，什么声音都没有了，万籁俱寂。家长们自发地在场外拉起警戒线。连带在上海北京召开的总统总理参加的国际会议，再牛气不过，也得提着点神儿，留意这个特别时间。这是龙的时间。就跟什么大的活动一样，

得扯起万国旗。

考场被高科技全屏蔽，防止藏在手表里的，女孩发箍里的接收器。

无论如何，这都是一次大体公平的竞争，包括把它说成是"毒瘤"，如何的不人道，如何的亲爹亲妈死了也得瞒住考生，不孝有三高考为大灭绝人伦的人也承认。离开了考，只要柔软一点，界限含糊一点，社会关系马上跟进。庶民对于不公更加痛绝。绞肉机就绞肉机，娘的，什么代什么代的都一起绞，制成馅儿捏成丸子，送十字坡去。

经历过高考，这在考生的一生中是难以忘怀的。有的人，一直到中年，都时不时地做着忙活高考的梦。考前的最后一堂课，有的教师给学生打气，说，经过这么多天的磨砺，你们都大有进步，要相信自己，肯定行！瘪蛋的最后一堂课，在他自己来说，是有怀疑的，五点六点，因为，他谆谆告知学生要查漏补缺。后来他反省，这样的考前指导，是不是会影响他们在考场上的心态，不那么自信。自信与不自信是大不一样的，自信能把难题攻下来，不自信会把能够拿得到手的分给丢了。有一个从农村上来的女生，平时成绩很好的，就是高考考差了。

喻大人当然也担心着他的这些宝儿贝儿们在考场上的发挥。

情况是好的，超过预期。一本上线率达到百分之七十，这个成绩在整个地区的九个县当中数第一，尤其令人鼓舞的，是出了一个全省的文科状元。

喻大人得到的消息是第一现场，是阅卷的一个小负责人告诉他的。他自己对自己说，要冷静，冷静！他又问省厅的一个直接管考试的处长，是不是省里的文科状元落在通中，那个处长说是的，向

他祝贺。他不放心，又问了省厅的一个副厅长，那个副厅长也向他道喜，说，通中不简单，金陵这么多名校，凤凰落到你们通中了。

这样几证之后，尤其是有官方渠道的信息，他才拨通了县委隋书记的手机，向他报告。他还有点忐忑不安，留有余地，隋书记笑道，章厅长刚刚打电话向我祝贺了，小喻，你干得好！成绩是你们干出来的，这在通灵县是划时代，前无古人，你们创造了历史，你们的成果将载入史册，秘书正在拟贺信，我代表政府，向通中全体教职员工，致以最最热烈的祝贺！隋书记也史无前例用了两个最。喻大人万分激动，思维略有一点点错乱，他立即警觉，不要搞得像范进，范进也就是一激动，得亏了他丈人胡屠户的一巴掌，把个暗痰拍出来。喻大人是有意志力的，他用意志控制住了可能出现的语无伦次，说了几句得体的感谢书记的话。

电话搁了之后，喻大人落泪了，他想到苦菜花，根苦，开出来的花是香的。

不一会儿，县里四套班子联署的用大红纸抄着的祝贺信，敲锣打鼓地送到通中来了。

第二十章　不想做美梦

　　倍儿刚刚学着说话的时候，我问，倍儿是不是小狗狗呀？倍儿说，是。又过了一年，我又问，倍儿是不是小狗儿，倍儿说，不是。可能是看了小狗狗，觉得自己不像。又过了一年，我问，倍儿是不是小狗狗呀，回答，是。这有点像那个什么的见山还是山。阿黄有点担心，倍儿会不会跟小狗狗认同，我说，不会，她现在是有了一点点小狡猾。最近的事，我摸了摸倍儿的脚丫，问，这是什么？倍儿说，是熊掌。我说，那我就把你送到红山动物园的熊洞，好不好？那儿有几个小狗熊，你跟它们一起玩。倍儿大声地说，我不去，我害怕，它们会咬我！我说，它们用熊掌打你，你也用熊掌打它。倍儿说，我不是熊掌，是脚丫，小脚丫！嗯，这不是给试出来了。

　　阿黄给倍儿买了双玫瑰红的带搭襻的小皮鞋，那鞋后跟装了电池，奔跑起来一闪一闪的，像嵌了红宝石蓝宝石。我跟阿黄说，像

不像风火轮，阿黄说，还真有点像了

倍儿撒脚丫子，乱跑。在马路上，我是很担心，甚至建议阿黄弄个套子给拴住，确保安全。阿黄说，她包上正好有个带子，平时不用。我说，那就给她拴上。

但阿黄还是没有用带子，可能是怕侮蔑了她女儿的人格，用手牵着她的小手。我说，那你就万不能疏忽大意。

只有在我们家附近的一个市民广场，我可以松弛一些，因为不许车子入内。倍儿可以奔跑，我远远地望着，只要不出这个范围。我看见她追着一个小男孩疯跑，兜圈子，绕来绕去，时间久了小男孩的妈妈也着急，叫停也不管事。我以为他们是小班的同学，那个妈妈说，不是。纠结，女追男，弄得我脸面上都有点挂不住。

梦想成真，那是说的做美梦。

只有倍儿说，她不想做美梦。

这真有点怪了。做美梦那是人人求之而不得的。而且，她一旦眼皮刚刚合上，就马上醒来，并且坐起来，说，不想睡觉，不想做美梦。

阿黄瞌睡，实在撑不住，说，好吧，叫你睡你不睡，那你就坐着。阿黄以为她困了自然会睡的，结果一觉醒来，她还是那么用小被子围住，就那么坐着。看看钟，倒也坐了一个多小时。

怎么就不肯睡呢，原来是一睡着就做美梦，美梦里妖怪在追她。

通灵县这几天就跟过大年似的，闹腾呀。长虫一样的鞭子，在砌石地面上噼里啪啦，鞭子一响，黄金万两，窜天猴到处飞，散霞吐珠，吉星高照。家家户户门前，都挂了一个玉扇玉佩玉坠样子的灯，玉谐遇，通灵县出了个省里的状元，那真是几百年一遇呀。还

不晓得猴年马月才能再有这样的美事。不想做美梦。

　　唐僧的居士林门口也挂了个玉琼灯，唐僧是一直腹诽应试教育的，认为现在的教育不培本，他的居士丛林是培本的，但南南在通中只借读了一年，还考了个一本，这也是个欢天喜地的事情。尽管唐僧对自己严格要求，平时都不沾荤腥，持素，但居士不免俗，为儿子的事欢喜也不为过。羊二的千金考上了北大，那在通中是个位数，自此羊二成为那一带棚户区的成功人士。唐僧在南南身上没出什么力，羊二可以说是心力耗尽。这两个人都是因为"文革"，只上到初一初二，没有能够圆大学梦的。唐僧因为修行，自己那个大学的情结淡漠了，羊二可是纠结。八岁时羊雪就能当场展开宣纸，用斗笔写出"腾飞"两个大字，得了少年宫小学组书法金奖，电视台还来录了像。小升初书法得奖能加分。

　　羊二跟我说，我就教她就专练那两个字，写其他字就饺皮呲嘴，露馅了。

　　女儿做数学，草稿纸上乱糟糟，跟猫爪乱批过似的。他教她把草稿纸折成一个方格一个方格，算的时候就写在格子里，验算的时候好找，考场上节省时间。

　　这次的省状元，就是喻大人拦下来不让去保送北大小语种的学生，是个男生，喻大人说，我也不讲现成话，能掐会算，一眼就瞅准了他能得这顶桂冠，但他是有潜质的，能进入省里的高分档位，这个我是看得准，有预感的。

　　通中召开庆功会，是县里四套班子主办，通中筹办。适逢通中校庆，年逾八旬的周上将特地从北京飞来，还有现职的朱中将从广州飞来，他俩是约好的。省厅的章厅长也来祝贺。章厅长对隋书记说，你们通灵现在成了一匹最大的黑马了，不仅仅是出了个状元，

还有一本上线率。隋书记笑道，我是运气好，刚来通灵半年，屁股还没捂热。真正的黑马是他。隋书记指一指身边的喻大人。喻大人嗫嚅着说，我不是黑马，小屁辣子，归功于省厅的领导，县委的领导。隋书记对章厅笑道，你看，多会说话，有前途！

隋书记还不晓得喻大人的生肖就属马。

人们看了斯皮尔伯格的战马，喻大人不就像乔伊，如闪电一样奔驰在战壕之上，炮火硝烟之中，但他跟乔伊不一样的就是他最终没有被铁丝网缠住，也没有返回乡野，而是进入了名马苑。

周上将在跟许大马棒一边闲聊。大马棒也是特地赶来。许大马棒是通灵本土本城的，周上将也是本土本城的，许大马棒当通灵县委书记时，跟周上将熟络。周上将说，那个石榴巷，有个县衙的地牢，那个地牢，能够保存下来的话，是多好的文物！大马棒说，是呀，那时我不在，调走了。我在的话，哪些该留，哪些不能拆，会多多少少有点数。周上将摇摇头，叹。这个城区拆迁，是隋书记之前再之前的书记任上的事。这些年，通灵的县委书记跟走马灯似的，换了三四茬。

庆功会有这么一项安排，给省状元戴大红花，周上将德高望重，非周上将莫属，大家都这么说，周上将坚辞，最后就定下来由隋书记戴。

第二十一章　丑鬼

　　小班配了三个老师，有一个管生活的，姓王，都叫她大王老师，因为还有一个小王老师。小王老师后来不在这个班了，大家还管她叫大王老师。大王老师是从托班一直跟上来的，所以倍儿喜欢粘她，我们把她交给大王老师时，她就要她抱抱。这成了个习惯。有一次，我们去晚了，大王不在，幼儿园的一把手朱园长，把她接下来，我们走了几步回头一看，倍儿正拦住朱园长的腿，不让走，一定要她抱，朱园长开始不肯，后来也就抱了。

　　大王岁数也大了点，五十都过了，她是管生活的，擤鼻涕，擦屁屁。倍儿自言自语，慈母手中线，游子身上衣，这肯定不是大王老师教的，是小王小毛或是后来的美丽女孩小路老师。

　　妈妈在苦钱，这肯定是大王老师教的。苦钱是哪个地方的方言？教孩子们要舍不得妈妈。还有，死样头，这是骂孩子的，爱骂。这个方言挺好玩。苦钱我还在哪儿听过不止一次，死样头可是

新鲜。最新又有一个爱骂：丑鬼。

省城的学校惊呼：狼来了！不是别的狼，是江北的这些升学率像发了酵的县中。名校群落的校长们也不敢怠慢，社会各界在问责：这么好的生源，怎么到了你们手上，升学率反而搞不过江北的县中？各校也纷纷学县中，晚上安排自习，对差生进行补课。晚报头版头条，大号黑体做的标题"江北县中模式攻陷金陵"。金陵有些家长都在利用亲戚关系，把自己的孩子送到长江那边的通中去读高中。通中一时闻名遐迩，出现了好几个挂靠的分校。

金大附中的倪院士心里有谱，附中现在也有22轨，他把它切分成省招班和普通班，省招班是尖子班，普通班当中有借读的，节奏上跟尖子班不一样，另外还有专为有钱的主儿服务的小班，教材教法是跟外国的名校接轨。这样，社会各界皆大欢喜。

星期六是省招班的休假，普通班照常上课，后来看到一道摽着的几所名校都是在披星戴月，倪院士也不能掉以轻心。尤其是看到官方发布的一份社会调查，称，凡是实施双休的学校，百分之八十的学生丝毫没有得到休息，被家长软硬兼施，送到"家教"那儿去了。各式各样的培训，火得很，一个教数学的老师到一个中介的校外班上课，要比在学校里拿的钱，多到五至六倍，富得快，吃小孩。这样一比较，还不如在学校。于是倪院士改变了主意，宣布星期六所有的班级都不休假，还要做教师的工作，拢住这一摊子。再后来，星期天的半天也用上了。

老匹他们的实验初中校，后来又回归通灵县中"集团"，不再孤零在郊外了，迁回了老校区。但跟通中不是一回事，是两个独立的校，是从通中分裂出去的一个细胞，高中部和初中部永远地分离

了。当然从集团的构架上又受喻大人管。喻大人看到家长对初中学生特别的疼爱，也多了社会资源。老四上了二线，不当实验初中的校长，去一个民营初中校受聘校长，董事长本来不要他教课，他硬要教一个班的数学，结果不比同轨教师分数高。他爱惜自己的名声，不再兼课了。

第二十二章　停不下来

　　倍儿那儿像是有个哭库，一旦启动了，哗哗哗哗，那是眼泪，哇哇哇哇，那是嚎。阿黄以为是跟她杠，开始咆哮，那一个嚎得更厉害了。你还嚎！嚎！哇哇哇哇，我停不下来……这明明地是在求饶，阿黄却认为是PK。我看不下去了，点拨了一下，不是PK，是心理上恐怖，别把低幼搞出恐惧症来。阿黄被我这一说，咆哮好了一点。我说，要控制情绪，她是害怕。你的口气一凶，她的恐怖就开始启动。一启动了，当然就停不下来，这百分之百不是耍花招。是真话。

　　我们家不知哪儿来的那么多的黑蚂蚁。像是有个蚁巢。倍儿又是嫌疑犯，嘴巴有个漏洞，掉饭粒，掉饼干屑，蚂蚁越引越多。

　　最初的一只蚂蚁从哪儿来的呢？总不能赖倍儿吧。

　　阿黄说可能是我从菜场带回来的，是一只怀孕的母蚂蚁。阿黄屁股撅着蹲在地板上，倍儿指给她看，一只一只东奔西走，在忙活

的蚂蚁，然后阿黄就狠狠地一撇一捺，跟动画片里那只喜欢恶作剧的汤姆差不多。狗与猫配合。我说，还是积积德，积德。我打开阳台上的窗，把爬到我手臂上的一只蚂蚁，憋足气一吹，它就自由落体，飘到下面的草地上。阿黄说我假慈悲，对蚊子从来都不宽容，公蚊子母蚊子疑似蚊子格杀勿论。

我说，我是鲁老的信徒，损着别人的牙眼却反对报复的人，万勿与他接近。

阿黄说，它不就是吸了你一点血吗，正好帮你减肥。

我说，不只是吸了一点血，还打断我抱得美人归的梦，可恶。欧洲人在将死的时候，祈求宽恕，也宽恕别人。

鲁老说，他的怨敌可谓多矣，他一个也不宽恕，包括蚊子。后来阿黄也把蚂蚁送到窗外自由落体了。蚂蚁太多。还有一个办法，就是食物坚壁清野。直到蚂蚁渐渐淡出。但蚂蚁一直没有淡出，我们最担心的是，它们穿越过客厅，爬到我们的餐桌上、碗里，它们有这个能耐。奇怪的是，我们终于在客厅里、厨房里发现了一两只惊惊惶惶的蚂蚁，但终究没有浩浩荡荡的蚂蚁大军过来。这么多的日子过去了，也许就不过来了，不知何故，于是我们还相安。

某天我看见一只蚂蚁被用透明胶带封在阳台的瓷砖上，不用问，就知道是倍儿干的，我把她叫来，你为什么要这么干，爸爸有没有跟你说过，蚂蚁是爱劳动的。

倍儿头低着，忽然仰起面，一脸灿烂地说，倍爸，我想把它变成化石。

通灵县有个不成文的规矩，凡有个官衔的，无论大小，上了二线之后，你就可以自由支配，这在文件上制度上是找不到的。这

驼　囊

有点像印度的风俗，牛劳累了一辈子，就随它散漫在田野上，在水边，到处走走，也不杀它。

　　老匹走到民校去当校长，当了一阵子，女儿在广州召唤，要桦子去帮着带小孩，桦子也不能把他一个人扔在通灵这儿，这样老匹就把校长辞了，夫妻双双一起去广州了。到了广州街头，谁也认不得你是什么"第一块牌子"，两个老人抱着一个婴儿在市民广场，那些往事就跟做了一场梦，老匹跟偶说。再没有人找他辅导，老匹前所未有地闲了下来。瘪蛋不闲，差不多是改了行，做农业生态规划，他二弟是掌舵的，大老板，下面还有些实习的男博士女硕士，这些毛孩子就让瘪蛋带着，有这么个严色的长者带着，客户也更信赖些，姜还是老的辣。瘪蛋边做边学，边学边做，也就渐渐上了路。

　　偶也觉得他做这件事好，比较地适合他，到处走走，而且亲近田亩，亲近泥土，这又像是回到了三十多年前的辰光。他去了安徽做规划，跟偶说到砀山梨，去了福建之后，跟偶说到柑橘，他去看了的，没有梨树的管理细，也用不着那么细。

　　刚开始做的时候，他心情还不坏。有一次偶们又胡侃的时候，他冒出一句，什么是腐败？这个口吻，像是有什么新鲜见解似的。他启了个头，没有说开去。偶想，有什么新鲜话呢，是产品大量过剩之后的必然？这是一个初级的经济学原理。原理像个戴着假发的大法官，罔顾公众愤怒。

　　换一个角度，你如果看到别的人腐败，你连腐败的残汤剩羹都啜不到一口，你会怎么想。偶左耳过的瘪蛋的风，右耳听到另一个跑商路的朋友，小小既得利益者，晃着脑壳说，无非是钱放进这个口袋，还是放进那个口袋，肉都烂在锅里，都是在消费，都在市场

上流通。对于钱本身来说，最关心的就是自己在流通。哈哈乐，气死牛。

虽然他说不缺钱，鹌鹑蛋不要他一分钱，不啃老，但偶还是希望他能挣一点钱就多挣一点钱，趁身体还行，还能做。

偶和瘪蛋是两股道上跑的车，他发给偶的信息，偶有时丈二和尚摸不着头脑。有一次，他打偶的手机，语气上有点躁，问偶，发了几个短信，怎么不回的？偶说，手机我经常不在手边。又问，打你的手机，怎么不接？偶说，这跟那个短信门，是一样的意思，再说一遍，手机经常不在我手边，跟别的人手机不一样。而且，偶有时在厨房，油烟机一开，更听不见。偶问他什么事，他说，过了，用不着了。

偶一看短信，上面写，我中午抵宁，进行布局，邀你全程现场观察。有没有空，请复。

偶没有看到，也就没有复。

布什么局，观察什么，偶云里雾里。他现在对偶有气，不再提这话。偶又把再前的短信打开来看，有要给偶提供优质素材矿和线索的话，具体是什么，没说。

迄今，这个"布局"还是谜。

后来他理解了，气也消了，寄了份电子邮件给偶，偶打开附件一看，是他构想的一个"诚信共享教育"的实验提纲。偶大略看了一下里面的意思。设计了一个诚信教育模式，认为是一切机制形成的基本模式。诚信教育培训由教师操作。他想用这个诚信共享教育，替代现在的应试教育机制，再去影响整个社会。

诚信是现在的一个热词，可偶怎么也对这个实验唤不起热情，偶想了半天，嗯，诚信就能获得金钱，这是瘪蛋为偶们描绘的美好愿景，可偶怎么看到的尽是非诚勿信发大财呢。孩子们知的地沟油，毒食品地图，跟偶所知的，应该差不了许多吧。有的国外的品牌不得不从中国撤了，承认斗不过李鬼。社会风气，大人们放的坏样子，叫娃娃去做这个诚信共享实验，还有瘪蛋为他们设计的"诚信币"，宝贝疙瘩们会怎么想？会不会以为是个搞笑版，一点也不好玩的游戏，嘻嘻哈哈，一哄而散。

后来偶听说，他想找一个小学支持他这个实验，那个名校的校长说，可以跟班主任说说，有愿意的班，就试一试。

没有哪个班主任对这个有兴趣。

他情绪低落了一些时候。说，这事再看看。

偶的手机响了，他给偶发了一个短信，是在市声喧哗的地方，他这么说，想到尽可能多地给学生经历和感知。

隔了一会，又给偶一个短信，尽可能地让他们表达自己的感受和意愿。

跟着又是一个短信，尽可能地让他们实现他们自己认定的所要实现的愿望。

偶把这几条短信拎了一下，三个"尽可能"。瘪蛋说，这个比诚信共享好。

如果有朝一日，三个"尽可能"成为一个伟大构想的核心词，那就是偶为它接生的，他说他也同时发给了鹌鹑蛋，那就是两个接生婆。偶将见证它呱呱坠地的第一现场，并列第一现场的，还有异地的鹌鹑蛋。

三个"尽可能"，偶想了个词置换一下，以人为本，这个词很

俗，但对应，一目了然，不像三个"尽可能"，温馨并且有一点点华丽，像是放了罂粟壳之类的添加剂。

偶不会跟着他去转。跟着他转，偶会很疲劳的。偶已经感到疲劳。他那永不熄灭的成名欲，一麻一麻地电着偶，受不了。他三转两转，又会转到怎么去致用。或许，他从来也没有放弃过"用"。果然，他给偶的一个电子邮件，把"尽可能"泡开来说，不排斥应试，即：你如果喜欢应试的话，那你就去试吧，我包容你。这是你的愿景。

这是不是一个乌托邦？偶狐疑地在它周围转，左瞅右瞅。按瘪蛋的注释，有一点"后"的味道。后乌托邦哈。

乌托邦差不多就要正名了。

中国人多，怪事儿也忒多，乌托邦会不会也成为热词呢，偶心里浮起了微笑。

附录一：长篇小说《驼囊》的评介

　　长篇小说《驼囊》与其他的林林总总写教育的小说不同，它对于整个教育体制作了类百科全书式的反映和文化批判，这在我们的经验里是新鲜的。它把知性与感性融为一体，奔放的叙事间以细腻的笔触。它是广延的，可以说一个大教育，它像一个乾坤袋，包罗有树和云彩，天空和海洋，包含着人生和事理的万象及真相。众多的人物面目各异，感觉着是从生活的土壤里长出来的，对于主要人物的描写，作了典型化的努力，是从土壤里长出来的，是有生命的。

　　　　　　　　范小青（省作协主席、党组书记、著名作家）

《驼囊》是一代人的记忆，是一部成长小说，也是一部教育叙事，这部长篇可以从多角度多层次来解读。作品在结构、叙事角度和叙事体式上做了许多努力。我最感兴趣的是作品的语言，一部长篇，基本上用第一人称的口语，这是有风险的，口语的跳脱、枝蔓、日常化、少修饰，在具有相当长度的叙事行为中会吃亏的，但《驼囊》做得很好，对口语作了处理，有变化，有弹性，吸收了方言语调和词汇，同时又为角色设计了话语的修改风格，而且处理得不留痕迹。

自先锋小说以来，书面语一直受推崇，"写"比"说"的地位高得多，但现在又有不少作家如刘震云等开始回归口语，开始重视日常语言经验的审美作用。这一回归不是对以前重视生活语言的简单重复，而是体现了日常生活审美化的大趋势，这样的努力是有意味的，也是值得肯定。我觉得《驼囊》的这一语言策略所取得的经验要好好总结，作者还可以进一步努力。

汪政（省作协创研室主任、著名批评家）

中国的应试教育的弊端如此之多，如此之严重，为什么应试教育却愈演愈烈呢？迄今为止，我国的教育专家们议论纷纷，但未能给出一个符合实际的答案。《驼囊》是我国第一部艺术地剖析应试教育的长篇，作者以他们在中学、大学读书时的经历和在学校工作中的实际体验，结合对应试教育的深入思考，以细致的几乎迹近工笔画的笔触，书写了这部长篇小说，对应试教育作了生动、形象、

具体的艺术剖析。"《小雅》怨诽而不乱"，《驼囊》正是这样一部对应试教育进行批判但又"怨诽而不乱"的成功长篇。

陈辽（著名批评家）

　　现时的"教育问题"成为社会广泛焦虑的一个热点，成为每个家庭面对的现实，自己也有所遭遇、有所痛感，常会萌生说点什么的意气。长篇在结构上费了心思。用"停止思想"作为开宗明义第一章的标题，包含了作者的一种"宣言"：他有意"写一部教育小说"，却无意服膺什么先在的"正确思想"。用了"切分音"做了第二章的标题。"镜头"的切换组合和"人称"的多所变换，造成"切分音"式的"咯噔"效应，同时也取得进出于故事内外的方便和多方位、多角度的表现可能。用"气象犬"来标称其第三章。以孩子对于"气象"的敏感，隐含"天性"与"环境""自然"与"人工""利导"与"强植"等等题义，预示了文本的模制：写实与写意、形象与喻象的相互为用、相辅相成，是这部长篇一体化了的表现方式和构成形态。

黄毓璜（著名批评家）

　　长篇的主人公虽然不赞成以分数为中心，但他终究也抵挡不了悠悠之口，面对质疑甚至取笑，他也不得不放下"思想者"的身段，与"群氓"合流。思想者遭遇群氓，理想不能实现，我们感到悲哀；但由思想者主动滑向群氓的队伍，这种转变更令我们感慨。就其主观态度来说，他的个人意识尚未完全突破应试教育的藩篱，虽说他有对教育终极价值的追问，但他的变革针对的主要还只是异化了的教育手段，但手段的异化缘于我们对教育理解的异化。只改造手段而不能转换认识，注定是不成功的。

王逊（南京大学文学院博士）

附录二：《驼囊》"怨诽而不乱"

陈 辽

还在三十二年前，著名教育家、作家叶圣陶老先生就在1980年2月13日、2月20日、4月15日的《文汇报》上，发表《考试》《再谈考试》《"非重点"》等文章中反对应试教育和重点学校、非重点学校的区分。孰料三十二年后的今天，应试教育已成为一种机制。孩子出生三年后，数以百万计的家长就千方百计让孩子入优等幼儿园，而后上重点小学、重点初中，重点高中。进入高中后，学校文科、理科分班。所有这一套首尾相接的机制，都是为了应试，考出好成绩，进一流大学。即使在大学毕业后，若要读研，还得应对硕士生、博士生的考试。应试教育的弊端极其明显，它离开了培养德、智、体、美全面发展的人的宗旨，以应对考试为旨归，实际上是智育第一，分数挂帅。"高考录取时高分，进入高校后平平"的

现象很普遍。老师搞的是填鸭式的教学，学生费心的是死记硬背。"中国学生大多缺少批判思维、创新思维"，这是外国名校校长们对中国学生的评价。既然应试教育的弊端如此之多，如此之严重，为什么应试教育却愈演愈烈呢？迄今为止，我国的教育专家们议论纷纷，但未能给出一个符合实际的答案。不曾想到，并非教育家的肖元生、周韫，以他俩在中学、大学读书时的经历和在学校工作中的实际体验，结合他俩对应试教育的深入思考，以细致的几乎迹近工笔画的笔触，书写了一部长篇小说《驼囊》，对应试教育作了生动、形象、具体的艺术剖析。"《小雅》怨诽而不乱"，《驼囊》正是这样一部对应试教育进行批判但又"怨诽而不乱"的成功长篇。

《驼囊》对应试教育的弊端，自然有独到的暴露，但它的着重点是放在对应试教育为什么几乎成了全民意向的揭示上面。

长篇艺术地展现新时期出现的应试教育，首先是对过去"教育为无产阶级政治服务"（"文革"前）、"读书无用""读书越多越蠢""学生造反有理"（"文革"期间）的逆反。书中的教师、学生、家长都吃够了这些极左口号的苦，因此，新时期到来恢复高考后，家长、教师、学生莫不以学习成绩放在首位，以能够进入好的幼儿园、重点小学、重点初中、重点高中、重点大学作为目标。应试教育起初受到大多数教师、家长、学生的欢迎，原因即在于此。《驼囊》对"文革"前和"文革"中学校教学秩序失控、"停课闹革命""学生造反"的揭露，在场景、场面的艺术描写中自然流露出作者对极左教育的批判倾向。

不过，这只是《驼囊》对应试教育的浅层艺术剖析。它还进一步从文化心理上表现了应试教育为什么实际上得到家长们几乎一致的支持。从汉武帝、董仲舒把儒家定于一尊之后，千百年来，特别

是隋、唐、宋、元、明清实行科举考试，从中选拔官员以后，"学而优则仕"深入人心。

"书中自有千钟粟，书中自有黄金屋，书中自有颜如玉"，成了国民的潜意识。因此不只县委书记许大马棒请名师老匹辅导自己的儿子二小，就是烧锅炉的师傅，女儿考重点中学通灵中学差了几分，想到通中借读，哪怕花上几万块血汗钱作为借读费他也情愿。南南的妈妈为了她儿子能在"通中借读一年，交给通中一万五千块钱"。下层贫民羊二为他的女儿羊雪能够在重点中学读书，因他的"哥哥是跟老匹一道下放的"，借此关系，也向已经当了通中初中部负责人的老匹求助。与县委隋书记有交情的一位专家，则为了让他亲戚的女儿学习成绩快点上去，要求学校调整他亲戚的女儿的座位，让她和高水平的同学同座，还要求在她"周围都坐上好学生"。这一不情之请，"隋书记说，小事情嘛"，向通灵中学校长喻大人"交代下来"。……

总之，《驼囊》里的这些情节、故事，在展示，望子成龙或望女成凤，一心进重点中学，进了重点中学，一心考上高分，而后考进重点大学，已是国人的共同文化心理。如果没有这样的共同文化心理，应试教育是不可能在中国畅通无阻地三十年来发展成为一种体制的。欧美现代国家没有这样的共同文化心理，因此也就没有举国性的应试教育。这是《驼囊》对应试教育体制何以在中国出现的深一层的艺术剖析。

尤其难得的是，《驼囊》对应试教育何以在中国举国出现，还作了第三层次的艺术剖析。即市场经济占了主导地位、国家现代化进程加快后，反而促使应试教育更加通行。在市场经济体制下，高管、高级工程师、高级会计师、高级经济师等等，都需要高学历。

国家搞现代化，政府官员也要求高学历。在同样的条件下，重点大学毕业生比一本大学生吃香；一本比二本吃香；二本比专科学校吃香。

在此情况下，家长也好，学生也好，教师也好，都"人往高处走"，以升学率衡量教学水平的高低。《驼囊》中的瘪蛋，是抵制应试教育，搞教学改革的。他搞的实验班，星期六不上课。他讲课时，尽量使用启发式。"他想用这个诚信共享教育，替代现在的应试教育机制，再去影响整个社会"；他想实现三个"尽可能"："尽可能多地给学生经历和感知"，"尽可能地让他们（学生）表达自己的感受和意愿"，"尽可能地让他们实现他们自己认定的所要实现的愿望"，也就是他的友人"偶"概括的"以人为本"。结果，阻力很大，困难重重。

由于他教的课，平均考分低于同轨教师，不少家长反对这样的实验。一些家长在星期六另请家教给孩子补课，或上奥林匹克数学班、物理班。星期六不上课被迫改为星期六回校"自习"。实际上，星期六不上课这一改革失败了。即使是曾经支持他教改的通灵中学校长倪院士，后来升任江南金陵中学校长，也因为升学率不如江北"像发了酵的县中"，省高考文科状元出在通灵中学，也把学生"切分成省招班和普通班"，"另外还有专为有钱的主儿服务的小班"，"这样，社会各界皆大欢喜。"

友人"偶"对瘪蛋说："离开了社会的大环境和价值观念，单是教育内部自己来改，怎么改也是改不起来的，一根竹篙难渡汪洋大海。"可见，如今中国的大环境和价值观念恰恰是有利于应试教育的通行。《驼囊》的这一发现，算是找到了应试教育何以在今日中国通行的根本原因。

驼　囊

　　《驼囊》对应试教育的艺术剖析，是由众多的艺术形象，众多的人物活动，众多的艺术场景、场面体现出来的。其中的主角是瘪蛋。他年轻时，因家庭出身有问题而被剥夺了考取重点大学的资格。他有点驼背，上山下乡运动中被下放农村，在农村里经营管理十亩梨树田。"那时他看不到上大学的希望，实实在在准备着一世当农民了，所有的心血都用到这十亩梨树田"，使十亩梨树田的经济收入达到生产队全部收入的四分之一。

　　在"文革"期间，他认真学习马克思的《资本论》，"比知青屋的伙伴们先行一步"。恢复高考前，他在种子场的中学代课，"代课之前在伙食房烧饭，是按炊工的岗位招上来的。"大学毕业后先是在县教育局里工作，是他主动要求到通灵中学搞教改实验。在教改实验期间，他全心全意，尽心尽力，最后却因快到退休年龄而提前退居二线。瘪蛋正派、正直、有创新意识，敢于反潮流；但他又是好父亲、好丈夫；与人相处"和为贵"。

　　《驼囊》塑造了"这一个"与众不同的革新者形象，并通过他与他周围同事、邻居、友人们的交往、矛盾、冲突，展现了他对应试教育的思想倾向。此外，书中的其他人物，无论是老匹、倪院士、喻大人，还是"偶"、小虹姐、绿梅、唐僧、羊二、空空道人等，无不个性独特，栩栩如生，跃然纸上。《驼囊》的"意识到的历史的内容"是和艺术形象统一在一起的。

　　那么，中国的应试教育将永远如此吗？否。黑格尔说过："凡是现实的都是合理的，凡是合理的都是现实的。"（黑格尔：《法哲学原理·序言》）从表面看来，这似乎是一个保守的哲学命题，但是，恩格斯指出："在发展的进程中，以前的一切现实的东西都会成为不现实的，都会丧失自己的必然性、自己存在的权利、自己的

合理性；一种新的、富有生命力的现实东西就会起来代替正在衰亡的现实的东西。"（《路德维希·费尔巴哈和德国古典哲学的终结》）

随着社会主义市场经济体制的完善，中国更加现代化，国民文化素养的提高，"学而优则仕"的共同文化心理将逐渐衰亡，应试教育终究会在将来终结。对此，《驼囊》作者是有信心的。因此，《驼囊》虽然对应试教育作了艺术剖析和批判，但它"怨诽而不乱"，既显示了应试教育是各种"合力"发展结果的"合理性"，又表现了应试教育迟早会终结的意向。

《驼囊》采用了扬州评话的优长，瘪蛋、老匹、喻大人等人的故事是"话"；长篇中的"我"的诉说是"评"，"评""话"结合，可读性很强，我是一口气读完这部长篇的。

当然，由于《驼囊》是我国第一部艺术地剖析应试教育的长篇，它并不是完美无缺的。在我看来，它对应试教育"现实的都是合理的"的艺术剖析比较深入；而对教育改革"合理的都是现实的"的隐喻和启示则显得不足；在"评""话"过程中，"评"有时显得拖沓、枝蔓。《驼囊》成书出版时，似可作些补充和修订。

无论如何，这是一部优秀长篇，我为肖元生、周韫贺！

（原载《文艺报》2013 年 6 月 17 日）

附录三：现实和理想之间
——读《驼囊》

黄毓璜

在通常的情况下，我会说知道一点教育。一方面，早年就读于师范院校继之以二十多年的教师生涯，多少给了一些如此说话的底气；另一方面，现时的"教育问题"成为社会广泛焦虑的一个热点，成为每个家庭面对的现实，自己也有所遭遇、有所痛感，常会萌生说点什么的意气。这样，阅读肖元生、周韫的这一部可以归入"教育题材"的长篇《驼囊》，就非独有些兴趣，更有些未必"合理"的、"小说之外"的期待。

期待云者，当然不是或者说不能是冀望一部小说"明确回答""切实解决"问题，那不是我们应然的要求也并非小说家该尽的义务。更何况教育上集结了古今中外那么多"理论"包括一些彼此对阵干仗的理论，纠结了那么多内在外在的共时情状及其历时因

由。它们彼此缠绕、牵三拉四，平日就会有些"说不清"，诉诸小说，会让你不能不先自在如何"叙事"、怎生"下口"上颇费踌躇。

也许有鉴于此，长篇在结构上费了心思。用"停止思想"作为开宗明义第一章的标题，让人疑心这样怪怪地开始叙事，大概包含了作者的一种"宣言"：他有意"写一部教育小说"，却无意服膺什么先在的"正确思想"，无意出示某一个人的某一种"思想"，还因了有太多的思想须得思辨——如同他进入叙事，对时应景间，会扯出些名著名人名言来说事，会有些过去现在风行过的热词、热句，多少带点调侃地脱口而出，似乎执意让我们一起来面对众声喧哗和纷纭现实，依循既往的多方位照察、现实的多角度展开以及思想的多层面冲突，来抵达不很确定而又分明存在的艺术目标。

也许还是"有鉴于此"，长篇用了"切分音"做了第二章的标题。若然可说"停止思想"包含了关于"思想"的"宣言"这点意味，那么，这第二章不妨说是包含了关于"艺术"的宣言：对付那些"彼此缠绕""牵三拉四"，他在叙事上做了些手脚：以"我"与"偶"双重叙事人轮值担纲，以"仿宋"与"楷书"的不同字体来调控叙事方位。"镜头"的切换组合和"人称"的多所变换，造成"切分音"式的"咯噔"效应，同时也取得进出于故事内外的方便和多方位、多角度的表现可能。

或许仍然是"有鉴于此"，长篇又用了"气象犬"来标称其第三章。以孩子对于"气象"的敏感，隐含"天性"与"环境""自然"与"人工""利导"与"强植"等等题义，读者会领略到这里并非做出孩子睡觉会蹬被子的莫名诉告，大体会悟觉到这里无异于宣告了、预示了文本的模制：写实与写意、形象与喻象的相互为用、相辅相成，是这部长篇一体化了的表现方式和构成形态。

　　作者是否企图以这些告白、导读于读者不那么重要，重要的
是，它们确实在长篇的叙事序列上，为时间序列、空间序列、因果
序列、联想序列的有机组合和灵动调度给出了"随机行事"的有效
途径并自由运筹的时空保证。

　　虽说《驼囊》的叙事中，多见随手拈来、借客形主、枝蔓横生
的妙笔，处于叙事序列核心部位的，自然还是现实的场景，是一所
坐落在通灵县城的简称为"通中"的学校。（初中部）迁校激起的
社会风波，公（办）转民（办）引发的人心浮动，学校领导的处心
积虑，任课教师的实力较量，"高考"那压倒一切的气势，"状元"
为全县带来的风光——或许，还应该特别提到"乌合之众""座位
门""轮回""穿越"等章中对于群体、对知识界、对权重位高者的
盲目行为、偏私心理以及周旋手腕的具体描述——那些诚然就是我
们面对的现实，那些关涉权力的转换与寻租、关涉名利的盘算与争
逐，关涉治民的精义与要术，我们诚然并不生疏，而且，作家远没
有为了艺术的强调，去接近那些处于极端部位的现实情景；然而，
他既然已经从一所学校透视向诳语的历史和怪异的现实，就从普遍
的意义上接近了问题的症结。如同鲁迅所说，"学风如何，我以为
是和政治状态及社会情形相关的"。

　　当"社会体制"的强大联袂了"乌合之众"的冥顽，当眼下
的功利伴同了急切的实用，当权力牵手了利益，欲望拥抱了金钱，
先贤陶行知的立论就奢侈了。他当年说"学校没有改造社会的能
力，简直可以关门"。而至于今，简直可以说，一个学校别说"改
造社会的能力"，避开"社会的改造"怕就难以安身立命。而越来
越显得弱小的个人，在"他人引导"无所不至的现时，别说"兼
济""独善"的愿景也难免流于说梦。这大体注定了一所名校无可

奈何的苦衷，注定了酷爱思想而怀抱理想的长篇主人公举步维艰的悲情。

我不知道，作者何以给笔下主人公取名瘪蛋，倒是愿意不避穿凿之嫌，在长篇篇名跟主人公之间的关涉上有所意会。

"驼囊"指称"沙漠之舟"背部的隆起物，亦指称沙漠行旅中储水的器具，相对于生理上有点驼背而心性上不肯"折腰"的瘪蛋，面对其为"教改"殚精竭虑、身体力行的精神秉持和行为方式，"驼囊"应该隐含作者对主人公的几许推重、几多慨叹——他的热衷于、力行于"教改"，实在是"如驼负重"，其改革精诚的之于教育，如同一囊水之于沙漠那等可贵，而他所执意奉行的教改实验，终究亦如同一囊水之于沙漠那等无济于事。

我们很可以依据文本所呈示的"有志者"而"事不成"的情形，认同长篇的一种归结："离开了社会大环境和价值观，单单学校内部自己来改，怎么改也是改不起来的"，认同作者对曲高和寡的主人公落得形单影只，乃至举步维艰"像掉进盘丝洞"的真切描状。然而并不能说，作家推出其占了中心和贯串位置的主人公，仅仅是为了指认一种"乌托邦"。

事实上，主人公形象展开的过程，也是作家流露其倾向的过程，我是想说，在瘪蛋那里，在终极的意义上，寄寓了作者由衷的首肯和深切的憧憬。

作者诚然没有理想化地处置笔下的主人公，特定的生活履历和理论服膺，既定的思维方式和认知方式，决定了瘪蛋还不能从容应对诸如世俗与精神、坚持与融通一类悖论，他的理念或有难免陷于"自相矛盾"的偏执，为他领衔的"实验班"的青年教师"都跟他隔了一个长长的时间冰河"，不能不说包含了自身的原因。然而，

一个学科权威，一个特级教师，后来遭遇上百位家长联名上书不要他教自家孩子，并非说明他的"没落"，一如早先登门要求其辅导的人如过江之鲫并不意味他的"辉煌"。

要说主人公的"辉煌业绩"，该当列举的莫过于早年当知青时种梨树的事儿，作者投注厚重笔墨、浓重情感对其倾心、倾智、倾力地描叙，使人很容易想到那位著名的郭橐驼。

"树木"与"树人"本存乎一理，瘪蛋的大成于树木而艰难于树人，盖因前者可以"独裁"，而后者屡屡遇逢着无法挣脱的"掣肘"。主人公的可贵之处恰恰存在于不见容于大众，恰恰是如此这般地借助世人态度的落差得以朗照：当一切为了考分，社会围绕应试，瘪蛋的一份守护，他关于要论人的活动价值"只能以社会为尺度"的信条，他关于用了"题海"进入高校是"坑害高校"的一类呼喊、他关于要"着眼于学生的长远"的一类思虑，就不只体现为一个抗世者的眼光和勇气，也体现了教育者良知的不泯和责任的自觉。

如同我们在现实中不难体验到的那样，长篇主人公的思虑，他以其心理行为传导了的信守和心声，落点不在别处，正在于时下"教育问题"的症结部位：我们从根本上无视了教育的对象乃是"人"，是活生生的孩子们。《驼囊》让一个婴幼期的孩子倍儿介入文本的叙事，用了"喜马拉雅""迷路""波罗的海"的场景来"义生题外"，当然就是"写实"不足而继之以"写意"，"形象"不足而继之以"意象"，"征象"不足而继之以"象征"；包括长篇结局推出了瘪蛋的三个"尽可能"，关涉的都是根性的寻究，是从业教育者必须面对的"人"的情形、"人"的题义。

这近乎了无需"启蒙"的常识，只是凡事要切中肯綮、窥见

要害，往往不能不回到常识。问题更在于，坚硬的现实压迫和纷扰的现实遮蔽，使我们回到常识的路还碍难重重遥不可望，理想乎？乌托邦乎？徒唤奈何乎？作品卒章显志，给读者出示那浅浅的"狐疑"和苦苦的"微笑"，挟带几许怅惘、几许期冀，留给了我们"难答的问题"，也留给了我们不该规避而无以逃遁的思考。

（原载《扬子江》评论 2013 年第 4 期）

附录四：当思想者遭遇群氓
——评肖元生、周韫的长篇小说《驼囊》

王　逊

　　对于教育问题的关注和探讨一直是我们这个社会和时代的重要命题，最著名者莫过于"钱学森"之问，可至今也未能找到切实有效的答案。为了改变应试教育的僵化局面，各种"教改""课改"层出不穷，可最终结果却往往与设想背道而驰，以至于出现了名为"减负"，实则负担越来越重的现象。在这样一种局面下，仔细审视肖元生、周韫的小说《驼囊》，就有了一种别样的意味。

　　小说主要围绕两个人展开，一个是"我"，一个是瘪蛋。"我"想要写一部教育小说，而瘪蛋则试图进行教育改革，使教育像个教育。因为具有共同的志趣，"我"和瘪蛋经常交流想法。但往深处说，"我"和瘪蛋的共同点不仅在于关注点的相似，还在于我们都是"毛毛虫"，都在思想着。

"思想"构成了这部小说的中心与灵魂，通过故事的层层展开，作者向我们展示了"思想着"这一"个人"行为的巨大价值。由于"喜欢思想着"，才使瘳蛋意识到应试教育存在巨大问题，同样由于"喜欢思想着"，他才会亲身参与教学活动，推动教育改革，实践自己的思考所得，而他的最终失败，也会激发起我们的继续"思想着"。

小说篇幅不长，作者用他那娴熟的语言在有限的时空内向我们展示了通灵县城的教育界（主要是通中）发生的某些故事片段。这些片段涉及了当下教育活动的多个侧面，如设置所谓实验班与强化班、课外补课、学校扩招、建设新校区、教育资源的不平衡等。

当然，核心是围绕瘳蛋所进行的教育实验展开。"我"的叙述平淡、自然，甚而显得简单，无论是叙事手法还是人物设置，抑或情节铺陈，作者都没有刻意地经营，缺少值得"炫耀"的匠心。

故事本身既没有惊心动魄，也没有扣人心弦，其中的人和事在我们的生活中早已是司空见惯，不会让我们的情感在五味杂陈中此起彼伏。尽管波澜不惊，却绝不平庸，反而暗流涌动，不知不觉间在我们的心头印上了淡淡的痕迹，引发我们的长长感叹，原因何在？

上述片段连缀在一起，构成了当下中国教育的一个缩影，个中的种种情状都与我们——教育活动的参与者与见证者——的经历深深契合，虽然熟悉、虽然司空见惯，仍旧存在唤醒和打动我们的可能。问题在于，这些事对于我们来说太熟悉了、太自然了，如何保证它能将我们从日常的冷漠中唤醒，这就颇为考验作者的功力，庆幸的是，他们的努力成功了，我们被打动了。

一般来说，想要打动读者有多种手段，比如说，设置惊心动魄

的场面、塑造锋芒毕露的人物就是非常有效的方法，但这部小说的作者显然没有采取这样的做法。正如我们上面所说，故事很平淡，人物塑造也是如此，比如说瘪蛋，尽管他是有理想的人，但却并非不可救药，如果将瘪蛋塑造成那样的人物，势必将会多一些悲凉的色彩，增加作品的感染力。但作者却放弃了这种选择，刻画了一个更真实的"人"。一方面，他为教育实验设置了红线，不允许任何人触碰，否则将遭到他不留情面的痛斥，另一方面，他又深谙妥协之道，他清楚地知道"升学率"的不可抗拒，所以他才会向倪院士保证"我会每天提醒自己三遍，升学率、升学率、升学率！"并且在无奈中让自己的阵地一步步失守，以致全线溃败。既要追求理想、又要时时妥协，这是所有试图改革者必须要面临的局面，他们注定了只能戴着镣铐跳舞。这类人不够高大，也不够突出，但却真实。

当然，真实不是小说追求的终极目标，之所以这样处理，是因为作者试图通过这部小说去发现教育的问题，找到超越的方法。这就注定了它必须直面最普通却也最本质的事实，无须加工，无须编造，任何的矫揉造作都将遮蔽我们的视野、影响我们的思考。

应试教育存在问题，这一判断是毋庸置疑的，但它的根源在哪？一般来说，我们每每会将批判的矛头指向教育体制，指向一切向"升学率"看齐，钱理群先生也感慨"一切不能为应试教育服务的教育根本无立足之地"。瘪蛋的教育实验同样面临着这样的尴尬，甚至于他的整个改革都被"升学率"所裹挟，他所推行的教育实验在前两年进行得比较顺利，是因为有说得过去的成绩，换言之是升学率为他的改革提供了最重要的支撑；他所任教的实验班起初获得了大量家长的青睐，都想把孩子往他的班上送，家长们看重的自然

不是他的教育理念，而是他"物理特级教师"的金字招牌，在家长
们的心目中，"特级"意味着更好的教学水平，而当他任教班级的
物理均分始终比别人低时，往日的赞誉逐渐消失，代之以质疑甚而
"举报"。这一切自然是"异化"了的体制必然产生的后果，将枪口
对准体制无疑是准确的，也是必要的，但如果所谓"思想"只走到
这一步无疑是简单而浅薄的。小说借瘪蛋的遭遇为我们揭示了一些
不为人注意的"秘密"，它深刻地发现了放弃以及拒绝思想所带来
的致命灾难，这也正是这部小说的高明与深刻之处，小说的品格也
由此提升。

　　小说中的两个细节非常值得关注。第一，每当瘪蛋兴高采烈地
描述自己的教育主张时，遭遇到的往往是不理解甚至反感，领导与
同事且不论，即使自己的家人也如此。妻子会嫌烦，儿子——他最
喜欢交流的对象，他所认可的希望所在——同样对他的理想嗤之以
鼻，甚而在败兴之时，以踢翻垃圾桶的方式来表达不满。几乎没有
人认同他的那些理念，他从一开始就被打上了"失败者"的标签。

　　表面看来，家人是觉得瘪蛋太渺小，无力改变大环境，美好的
理想只是一种空谈，根本不会有人去应和。在他们看来，瘪蛋根本
就不应该去思考那么遥不可及的事情，可谁才是那真正有能力引领
变革的人？他们想必不会有答案，也不会试图去寻找答案，在没有
任何标准和感知的情况下，不容置疑的嘲讽、否定任何出现的"可
能性"，看似荒诞，却每天都在我们的生活中上演。

　　事实上，在任何僵化的环境中，最初觉醒的只是那"思想着"
的少数人，一切改变也都将从这"少数"和"渺小"开始，正如鲁
迅先生所说：希望是本无所谓有，无所谓无的。这正如地上的路，
其实地上本没有路，走的人多了，也便成了路。"多数人"的不屑

驼　囊

其实源于他们的不解，而他们的不解恰是来自于他们的不思考。这可以说是所有改革者的悲哀，当你在努力思索、积极向前的时候，周围的一切却原地踏步，他们安于现状，在既定规则的驱使下按部就班地生存着，虽然自己也是"群体"的一员，但在"群体"的名义下，"自我"的存在被淡忘了，所有与"群体"相关的事情似乎都跟他们毫无关系，你试图进行的种种改变都将被视为多此一举而遭到抵制。

　　上面这些人是不愿想，同样有些人是不敢想。我们不妨转向第二个细节，小说中提到了瘪蛋刚去教研室时与一位老师的对话。瘪蛋向其描述了自己的教育理想，究其实质，是希望能让学生自由思考，"没有拘束地说出自己的想法，并让他们尽可能努力实现自己认定的、想实现的愿望"。那位同事听了之后的反映是"有点虚浮，这人很学生腔呀"。我们要注意"学生腔"三个字，那意味着幼稚、不成熟。而所谓"成熟"的表现自然是与瘪蛋描述的相反，即要拘束、隐藏甚而放弃自我的想法，随波逐流，我们将此称之为世故。那位老师还找到了一个很有说明力的理由：谁能自己想怎么样就怎么样。的确，我们必须要接受诸多的限制，不能够任意妄为，但种种限制从来没有抹杀我们的自主身份与独立思考的能力。正因为人不可以想怎么样就怎么样，所以我们才更加需要理性的思考，从而明辨是非，知道什么可以什么不可以。可在如那位政治老师般的人们的潜意识中，由于对"异端"事物的畏惧，又或者其他什么原因，他们索性彻底不去想，臣服于既定的现实，追随大多数人的脚步，既不标新立异，更不会打破常规，完全按照"规律"和"规矩"去生活，这样才是最安全、妥帖的。当整个社会都被这样的人充斥，当整个社会文化都被这样的意识裹挟，亦即当"停止思

229

想"的理念大行其道时，整个社会都将死气沉沉、毫无生气，遑论教育？

无论是不愿还是不敢，最终的结果都是停止思想，拒绝改变，作为思想者的瘪蛋遇到了群氓，四处碰壁、节节败退自然难以避免，说到底，他无力去挑战那"沉默的大多数"。教育的问题自然要归结到教育体制的弊端，但教育体制也是因为受到了整个社会文化病毒的感染才百病丛生。当一个社会默许甚至倡导"停止思想"，任由平庸与敷衍大行其道，结局自然是可哀的。小说最后借"我"之口告诉瘪蛋"离开了社会的大环境和价值观念，单是教育内部自己来改，怎么改也是改不起来的"，可谓切中时弊。

小说成功地超越了对于体制的简单批判，发现了隐藏在其后的思想幽灵，但作者的思考是细腻而深入的，并没有浅尝辄止，而是更进一步，对于"思想者"本身也进行了严肃地审视。前面已经提到，作为改革者的瘪蛋常常要被迫做出妥协，这一现象在现实生活中并不陌生，我们往往将此视为客观环境使然，进而为讨伐体制强调理由。但问题的复杂与矛盾之处在于，瘪蛋并不只是被动妥协，很多时候他也在主动迎合，不管是有意还是无意。"分数门"事件是一个极好的案例。正如"我"所怀疑的"从差十几分到差一两分，推想是经过努力的，不可能是一个无为的过程。这个曲线是否隐匿着他思想的变化，他是不是从原有的立场上后退了半步？"瘪蛋虽然不赞成以分数为中心，但他终究也抵挡不了悠悠之口，面对质疑甚至取笑，他也不得不放下"思想者"的身段，与"群氓"合流。思想者遭遇群氓，理想不能实现，我们感到悲哀；但由思想者主动滑向群氓的队伍，这种转变更令我们感慨。说到底，作为"思想者"的瘪蛋的思考尚远远不够，就其主观态度来说，他的个人意

识尚未完全突破应试教育的藩篱，虽说他有对教育终极价值的追问，但他的变革针对的主要还只是异化了的教育手段，但手段的异化缘于我们对教育理解的异化。只改造手段而不能转换认识，注定是不成功的。这意识往哪改，我们自然是清楚的，但如何改，却又是一个如"钱学森之问"般的难题，留待更多的"思想者"去思索。

王逊　南京大学文学院
载《小说评论》2012 年第 6 期